REDEMPTION

roman

Jérémie Ferreira-Martins

auto-édité via Amazon

Un grand merci à Mélanie, ma femme, pour ses relectures et ses conseils avisés. Et à nos petits Charlène et Antonin, qui sont une source d'inspiration quotidienne.

Et un coup de chapeau à Vincent Amiot pour l'illustration de couverture, mais aussi pour avoir eu la patience de la retravailler de nombreuses fois, car sa génèse n'a pas été un long fleuve tranquille.

Ce livre est dédié à la mémoire de mes parents.

Leur combat contre la maladie est à l'origine de ce récit.

Merci à eux pour ce qu'ils ont été.

A vous dont ce livre a croisé le chemin, n'hésitez pas à me contacter:

- sur Facebook: Jerem Ferrei-mar
- sur Amazon: page auteur Jeremie Ferreira-Martins
- par mail: ferreiramartinslpvauban@gmail.com

Ce sera un plaisir d'échanger avec vous.

CHAPITRE 1

Je m'appelle Alban Meurisse. J'ai vingt-deux ans et je ne suis pas un jeune comme les autres. «Crabe», « Fléau moderne », ou alors « Grand C. » Appelez-le comme vous voudrez, cela restera la même saloperie : le cancer.

J'estime avoir eu une enfance heureuse. Je n'ai pas à me plaindre jusque-là, c'est après que les choses ont mal tourné. Nous étions une famille modeste, ma mère Anne était femme de ménage et mon père François employé des postes. Mon frère Maxime, de trois ans mon aîné, a le plus souvent été gentil avec moi, même si on s'est battus de nombreuses fois. Quel garçon ne s'est jamais battu avec son frère ? C'est dans la logique des choses, tout comme mon histoire d'amour avec Mélissa. Depuis toujours, elle a été là, c'est donc naturel qu'elle le soit aujourd'hui. De copains, on est devenus bons amis, de bons amis confidents et de confidents amoureux. Je ne suis presque jamais sorti avec une autre fille, je dis presque car il y a eu cette Juliette, dont j'ai été le Roméo l'espace de deux semaines. Ce qui, au collège, paraît des mois.

Avec Mélissa, ça a mis du temps à se faire. Nous sommes officiellement ensemble depuis bientôt cinq ans, et on a parcouru un sacré chemin depuis notre enfance passée à Nancy. Aujourd'hui nous y sommes toujours, elle est à la fac de Sciences Physiques mais moi, je suis au CHU de Brabois.

Cela fait quelques mois que cet hôpital est ma résidence principale. La faute à un cancer du colon qui me ronge. D'intenses douleurs au ventre m'ont pris subitement lors d'une compétition de tir à l'arc, on m'a dépêché aux urgences et on y a découvert cette foutue maladie qui s'est répandue dans mon organisme ces dix-huit derniers mois. J'adore le tir à l'arc, j'ai même été champion de Lorraine, et j'ai disputé la finale du championnat de France, que j'ai malheureusement perdue. Mon passé de sportif de bon niveau doit m'aider pour supporter la maladie et son traitement, du moins c'est-ce que disent les médecins.

Ce n'est pas évident d'aborder ce qui dévore votre vie, j'ai parfois l'impression de creuser ma propre tombe lorsque j'en parle. Mais je suis d'un naturel optimiste, et je garde l'espoir de m'en sortir, afin de reprendre le tir à l'arc et mon boulot.
J'étais mécanicien dans un garage Ford situé à Tomblaine, près de Nancy. Mon patron était content de moi, d'ailleurs il passe me voir régulièrement et me demande quand je compte revenir. Entendre les encouragements des autres est si bénéfique que je plains ceux qui, dans ma situation, ne voient personne. L'enfer doit ressembler à ça : se retrouver seul face à la mort.
J'aime mon boulot, même s'il est moins bien payé que celui de mon frère, agent d'assurances à Reims. Peut-être que les pannes du vélo de Mélissa, que j'ai réparé des centaines de fois, ont fait naître cette vocation. J'ai toujours adoré réparer les choses. J'aimerais me réparer moi-même. Mais là, ça dépasse mes compétences.

En ce moment, mon état est « stationnaire », comme disent les médecins. Ça veut dire que je vais tant bien que mal. Je ne me sens jamais très en forme, mais ma santé dépend des jours. Le réveil est déterminant : je sais immédiatement si la journée sera bonne, comme les anciens qui savent s'il pleuvra d'un coup d'œil au ciel matinal. Je souffre physiquement, et aussi du fait d'être cloîtré dans cette chambre alors que la vie des autres se déroule dehors. Mais la monotonie est faite pour prendre fin.

Cela s'est passé dans la nuit du treize mars, je m'en souviens dans les moindres détails. Je fus réveillé par une sensation de froid intense qui enveloppait ma chambre. Il pleuvait à verse dehors, comme dans le mauvais rêve que j'étais en train de faire. Les nuits où je ne me réveille pas en hurlant sont plutôt rares, c'est pourquoi mes cris n'inquiétèrent pas outre mesure Vanessa, l'infirmière de nuit.
Drapé dans ce froid glacial et funeste, j'ouvris les yeux et fus sur-

pris par une pâle lueur bleutée se reflétant sur la fenêtre frappée par les gouttes. J'écarquillai mes yeux embrumés et fus parcouru d'un intense frisson le long de ma colonne vertébrale, qui me fit me dresser sous mon drap. Une silhouette se découpait sur la porte de mon armoire, elle était grande et élancée, et semblait m'observer depuis longtemps. Je ne pus d'abord discerner son visage, mais le teint blême de ses mains me frappa, on aurait dit que ses veines n'avaient plus été irriguées de sang depuis des siècles. La forme ne bougeait pas, aussi fallut-il les phares d'une voiture se garant dans la cour pour me permettre de distinguer son visage. Celui-ci était masqué par une légère capuche qui glissa presque instantanément le long de sa nuque. Elle révéla alors la figure la plus dérangeante qu'il m'ait été donné de voir. Dérangeante car elle ne trahissait absolument aucune expression ou lueur de vie. Ce visage me fixait de ses yeux blancs, presque translucides car sans pupille. Croiser un regard si vide me fit à nouveau trembler dans mon lit, et je ne pus retenir un hurlement.

      — Calme-toi, je ne te veux pas de mal, dit la forme d'une voix sifflante.

      —Qui êtes-vous ? Comment êtes-vous entré ici ?

      —Entrer issi, ça n'a jamais été un problème.

      —Que me voulez-vous ? insistai-je.

      —Je suis issi pour toi.

      —Qui êtes-vous à la fin ?

      —Je veux seulement rétablir une certaine justisse.

Je laissai alors échapper un nouveau cri, plus strident cette fois, ce qui était inhabituel et alerta donc les infirmières. Lorsqu'elles allumèrent, j'étais le seul occupant de la chambre. Le justicier des ténèbres était parti.

CHAPITRE 2

Au réveil, la journée s'annonçait bien : pas de douleurs aux jambes, ni de foreuse dans le ventre comme c'était souvent le cas. Pour compléter le tableau, Sandra, l'infirmière-tortionnaire, était en vacances.

Joëlle, qui était de garde, me caressa le front : sa voix n'avait rien perdu de ses vertus apaisantes :

— Alors, on a encore fait un mauvais rêve cette nuit ? Par chance, Vanessa était juste à côté de ta chambre et elle a pu rapidement venir te calmer. Tu aurais réveillé tout l'étage sinon !

Son sourire me fit reprendre mes esprits, qui reproduisaient alors l'image de la forme bleutée et cadavérique.

— Oui, j'ai encore fait un cauchemar, répondis-je, mais j'ai bien dormi ensuite.

Je n'étais pas moi-même convaincu que ce soit un cauchemar. Comme prévu, la journée se passa sans douleur, mais je nageais en pleine confusion : comment Vanessa, si près de ma chambre, avait-elle pu ne remarquer ni le dialogue avec la forme ni sa lueur bleutée ? L'infirmière de nuit avait-elle tout dit à Joëlle ? Étrangement, je m'endormis sans crainte, comme si j'attendais une visite heureuse.

Vers minuit, une onde bleuâtre me sortit de ma torpeur, mais je n'en fus pas surpris cette fois, ni effrayé.

— Seras-tu ssage cette fois ? La sagesse est une qualité dont tu auras besoin prochainement.

— Pourquoi dites-vous ça ? Qui...

— J'ai besoin de ta ssagesse, me coupa-t-il, autant que tu en as toi-même besoin. Me laisseras-tu te parler cette fois ? Sinon ce n'est pas la peine d'aller plus loin.

— Où voulez-vous m'emmener ? Dites-moi au moins qui vous êtes.

— Mon nom est Chris. C'était le nom de mon père, et de son père avant lui. Je ssuis là pour t'aider, c'est pourquoi tu dois m'écouter.

— M'aider ? Comment ça ?

— Agis pour les autres, et j'agirai pour toi, dit-il sur un ton énigmatique.

— Que voulez-vous dire ? Et d'où venez-vous ?

— Peu importe d'où je viens, l'important ss'est où je vais, et toi avec moi.

Troublé par ses yeux vitreux et malsains, je le laissai poursuivre.

— Je te rendrai visite régulièrement durant les prochaines semaines, comme je te l'ai dit il s'agira d'aider les autres, je serai ton exécutant, tu n'auras qu'à me formuler tes désirs, s'ils ssont conformes à la sagesse dont je te parlais, ils deviendront réalité. Dans le cas contraire… Commençons dès maintenant: que souhaiterais-tu améliorer ? Quel bien ssouhaites-tu rendre ?

Pris de court par une telle question, une pensée me vint: dans la journée, Monsieur Léon, sympathique vieillard occupant la chambre numéro quinze, s'était insurgé contre la nourriture médiocre de l'établissement.

—Pourriez-vous faire en sorte que mon voisin Monsieur Léon ait de meilleurs repas ? Il se plaint souvent du service ici.

—Très bien, j'y veillerai. Bien ssoit rendu ! A une autre fois, Alban.

Lorsque l'obscurité reprit subitement ses droits dans ma chambre numéro seize, elle s'installa également dans mon esprit. Je ne savais ce qui m'avait le plus abasourdi: la disparition éclair de mon mystérieux hôte ou le fait qu'il connaissait mon prénom. Je me rendis vite compte que si certaines personnes inconnues m'avaient déjà appelé Alban, très peu avaient disparu sous mes yeux.

Une nouvelle fois, je dormis comme un bienheureux après la venue de Chris. Sa deuxième visite avait eu pour effet de m'apaiser, j'étais à peu près convaincu qu'il ne venait pas pour me tuer. Au contraire, sa manière de s'adresser à moi révélait une sorte de complicité, quelque chose de mystique et d'indicible.

Là encore, mon réveil m'annonça une bonne journée à venir. Sur le plan de la santé, du moins.

A onze heures, je reçus la visite de ma mère. Elle ne s'est jamais remise de la mort de mon père, il y a maintenant cinq ans. Ce tragique événement l'affecte encore, à tel point qu'elle me reproche parfois de ne pas y être assez sensible. Si elle savait à tel point c'était tout le contraire… J'en souffrais également mais le montrais moins, c'était le caractère de mon père et j'en avais hérité, comme Chris de son prénom. Depuis l'accident j'avais du mal à communiquer. Au début je me disais que c'était de ma faute, mais je me suis vite rendu à l'évidence. La fin de la vie de mon père correspondait au début de l'alcoolisme de ma mère. Elle avait jugé que les bouteilles étaient des confidentes plus accueillantes que son fils, et j'avais poussé la naïveté jusqu'à me dire que ma maladie la ferait arrêter. Mais c'est bien connu, la tristesse nourrit la peine, et elle se mit à boire encore davantage.

Les grands alcooliques vous diront de privilégier la vodka car elle ne se sent pas à l'haleine. L'arrivée de ma mère les aurait fait mentir, tant l'effluve qu'elle dégageait était âcre et repoussant. Les gens qui boivent beaucoup ne sont pas ivres plus tard que les autres, ils gèrent seulement mieux les effets par expérience. Avec ce que ma mère avait dû boire entre huit et onze heures, je me serais déjà effondré.

Elle vint s'asseoir au bord du lit, me lançant un regard vide.

Notre dialogue fut comme souvent, teinté de la banalité qui étouffe les vrais problèmes. De toute façon, aborder un sujet sensible, comme son ivresse avancée un mercredi à onze heures du matin, l'aurait sûrement mise dans un état d'hystérie éthylique qui m'avait déjà fait plusieurs fois honte. J'en restai donc au strict minimum, afin d'éviter tout scandale. Elle repartit vers midi moins le quart, juste avant le repas.

Rompant avec les habituels steaks pas cuits-haricots filandreux du lundi ou poisson en bouillie-purée infâme du vendredi, j'eus droit à une petite paupiette de veau bien ficelée, accompagnée de riz pilaf, le tout précédé d'un pâté de campagne et suivi d'une délicieuse île flottante. Rassasié et de bonne humeur, je repensai à Chris. Qui était-il vraiment ? Cette prouesse n'était -elle que de la poudre aux yeux ?

Chassant ces pensées, je me rendis dans la chambre voisine, celle de Monsieur Léon.

— Savaty mon ptit gars ? Quoi qui t'amène donc ? demanda-t-il d'un air jovial.

— Bonjour, Monsieur Léon. Comment allez-vous ?

— Je m'porte comme un charme, c'que m'ont amené les filles, j'm'en s'rais ben remis une deuxième fournée, pour sûr!

— Vous qui me disiez hier encore que la nourriture était mauvaise, vous voyez, il n'y a qu'à demander !

— Si y suffisait de d'mander, crois moi, j'aurais ben d'mandé la ptite Vanessa en hors d'œuvre !

Il partit alors d'un rire gras digne d'une troisième mi-temps. Je ne l'avais plus vu aussi gai depuis des mois, comme s'il oubliait un instant le cancer qui lui rongeait les poumons.

Sa carrure et son parler rustique faisaient de Monsieur Léon un personnage à l'hôpital, et le vieux cochon avait raison, Vanessa était vraiment mignonne.

Comme guidée par le fameux sixième sens féminin, Mélissa passa me voir dans l'après-midi. Elle n'avait cours qu'un mercredi sur deux, et c'était la semaine où elle était libre. Le léger soleil du dehors éclairait d'or ses cheveux châtains et d'émeraude son regard. Elle avait une mine radieuse et avait détaché ses cheveux. C'était comme ça que je la préférais. Ils tombaient de chaque côté de son visage en de fins rideaux clairs, encadrant son mignon minois et chancelant au moindre de ses mouvements. Je pouvais lire dans ses grands yeux comme dans un livre. Nous sommes restés tout l'après-midi à bavarder joyeusement en se contemplant, comme on a toujours fait depuis qu'on se connaît, c'est-à-dire plus de quinze ans.

À vingt heures, elle dut partir car c'était la fin des horaires de visite. J'avais mangé en sa compagnie, et elle s'était montrée envieuse devant la qualité de mon repas. Les infirmières étaient au courant, elles ne nous dérangeaient pas quand Mélissa passait me voir. Seul un cri nous fit sursauter. J'appris plus tard que c'était Monsieur Léon qui avait pincé les fesses de Valérie, une infirmière stagiaire. La couleur bleutée de Chris venait-elle des pilules qu'il mettait dans sa nourriture ? Certaines fonctions de mon corps étaient abîmées, mais heureusement quand Mélissa venait, je n'avais besoin de rien pour être en forme...

CHAPITRE 3

La semaine se déroula paisiblement, je reçus même la visite de mon frère Maxime le samedi. Je ne lui demandai pas pourquoi Maman n'était pas venue car je connaissais la réponse : il était déjà quinze heures. Depuis que mon frère était parti faire ses études à Reims et y avait trouvé du travail, lui et moi nous étions éloignés. Bien sûr, les bons souvenirs restaient, comme quand on allait provoquer les supporters messins après les derbies lorrains en arborant fièrement nos écharpes de Nancy, ou encore les premières fêtes passées ensemble, à découvrir les joies de la nuit. Le décès de Papa avait finalement plus distendu que resserré les liens qui nous unissaient l'un à l'autre, mais aussi à notre mère.
Maxime était très tendu, toujours stressé par son travail. En guise de refuge, il s'était choisi les heures supp, comme Maman la vodka. N'étant pas malades comme moi, ils trouvaient le moyen de se bousiller la santé d'eux-mêmes. Mon frère venait rarement me voir, avec lui aussi les échanges se limitaient à des banalités.

Je repensai à ce que Chris avait réalisé quelques jours auparavant. Je me sentais un peu mieux dans mon corps à l'idée de savoir que j'avais contribué à distribuer un peu de joie autour de moi. Monsieur Léon avait sa propre façon d'exprimer sa joie, mais il faisait toutefois plaisir à voir. Peut-être pas pour certaines infirmières. Vanessa avait de la chance, elle était de nuit et le vieillard vicelard avait le sommeil aussi lourd que ses allusions.

Certaines phrases résonnaient dans ma tête: Chris avait parlé de « sagesse » et d' « agir pour les autres. » Il prétendait également vouloir « rétablir une certaine justice. » De quelle justice parlait-il ? D'une nourriture plus goûteuse ? Ou de choses d'envergure bien supérieure ? Vint alors la question de ce que je demanderais à Chris lors de sa prochaine visite. La réponse s'imposa rapidement d'elle-même.

A l'arrivée de Mélissa, il n'y avait pas besoin de la connaître comme je la connaissais pour remarquer sa contrariété. La porte de ma chambre, qu'elle malmena, s'en rendit vite compte.

— Putain, tout va mal ! tonna-t-elle.

— Qu'est-ce qui t'arrive, Bébé ? Dis-moi !

— C'est Kader, il lui est arrivé quelque chose ! C'est horrible !

— Quoi ? Est-ce qu'il va bien ?

— Ça va, il est ici depuis une heure, il a été agressé dans la rue par des jeunes de Malzéville. Il a une côte cassée et des égratignures mais dans l'ensemble il va bien. Ces connards l'ont insulté, ils l'ont traité de « sale bougnoule. »

— C'est pas vrai ! Il est ici, on peut le voir ?

— Pas pour l'instant, il faut qu'il se repose un peu pour sa côte. Heureusement, il y avait des témoins, les agresseurs ont été arrêtés peu après, ils sont en garde-à-vue.

—Tant mieux, je suis content de savoir qu'il va bien.

— Oui, et c'est pas tout... J'ai perdu mon classeur de physique, je le retrouve pas depuis ce matin à la fac, et je me vois y rentrer avec.

— T'as demandé au personnel ? Quelqu'un a dû le retrouver, non ?

— Mais j'ai demandé à tout le monde, personne ne l'a vu, et j'ai une interro capitale pour mon semestre jeudi ! Comment je vais faire ?

— Ne t'inquiète pas, Bébé, tu vas bien le retrouver, la fac va t'appeler... dis-je d'un ton qui se voulait rassurant.

— Comment tu peux en être aussi sûr ? On dirait que ça ne te touche même pas ! rétorqua-t-elle, irritée.

— Ne dis pas ça, s'il te plaît, ça me rappelle trop ma mère quand elle...

— Mais tu comprends vraiment rien et en plus tu mélanges tout ! Bon, faut que j'y aille !

Elle referma la porte encore plus sauvagement qu'elle ne l'avait ouverte, manquant de briser la vitre, et me laissant hagard sur mon lit. En effet, son problème serait résolu si Chris m'apparaissait dans la nuit. Mais serait-ce le cas ? Cela faisait aujourd'hui une semaine pile qu'il m'était apparu pour la dernière fois, le mardi précédent.

J'eus du mal à trouver le sommeil cette nuit-là, préoccupé par le triste sort de mon ami et collègue Kader, et par la furie de Mélissa, excédée par ma désinvolture. Même si elle était plus apaisée au téléphone, quand je l'avais appelée pour m'excuser, elle restait anxieuse à cause de son classeur perdu.

Je m'endormis finalement. Mon corps me faisait souffrir: mes jambes étaient lourdes, mon ventre me lançait et une violente migraine me vrillait le cerveau, comme souvent les jours de chimio.

— Alban, lève-toi !

Cette voix sépulcrale parut résonner à l'intérieur même de mon crâne endolori. Elle me tira du sommeil et j'ouvris des yeux emplis de torpeur.

— Bonssoir, Alban. Vas-tu mieux que la dernière fois ?

— Bonsoir, je... ça allait mieux y a quelques jours, mais... depuis dimanche soir, ça replonge...

— La ssagesse t'aidera, Alban. Agis pour les autres, et j'agirai pour toi.

— Pourquoi dites-vous ça, à la fin ? Que voulez-vous faire pour moi ?

— Ça, ça ne dépend que de toi, de ta ssagesse.

— Pourquoi vous parlez toujours comme ça ? J'ai une putain de migraine et vous...

—Adressse-toi autrement à moi ! Tu n'as pas idée...

—Désolé, mais j'ai mal à la tête et non, j'ai pas idée, j'aimerais que vous m'expliquiez... répondis-je d'un ton accablé.

— Tu peux découvrir certaines choses par toi-même, le reste, tu n'as pas à le ssavoir.

—Et comment connaissez-vous mon prénom, à la fin ?

— Ça fait précisément partie du genre de choses que tu n'as pas à ssavoir.

—Quel bien ssouhaites-tu rendre ?

— Pardon ? Je n'ai pas…

— Quel bien ssouhaites-tu rendre ? Le temps est précieux, en plus je crois savoir que tu aurais doublement besoin de moi, alors fais ton choix !

— D'accord, d'accord, je souhaite que ma Mélissa retrouve son classeur et obtienne une bonne note à son interro.

— Bien ssoit rendu ! mugit-il d'une voix à la fois faible et assourdissante.

Chris, avant de s'éclipser une nouvelle fois, me tendit un petit paquet sombre. En me le donnant, sa veste noire émit un bruit écœurant, comme si une substance poisseuse collait à son corps. Il ajouta :

— Sache que je te rendrai visite chaque semaine le mardi soir, après ta sséance de chimio. D'ici là, fais preuve de sagesse: agis pour les autres, et j'agirai pour toi.
Il se volatilisa alors instantanément, me laissant perplexe: il ne répondait pas à mes questions, comme si c'était dans son intérêt que je ne sache rien. Qu'attendait-il en échange de ses services ?

CHAPITRE 4

Jusqu'ici, les réveils après les visites de Chris étaient agréables et plaisants. Mais pas cette fois. J'avais toujours mal à la tête et mon ventre me faisait souffrir énormément. Si on suivait sa logique, j'en avais pour une semaine comme ça, avant sa prochaine venue. Vivement mardi prochain. Comment peut-on vouloir avancer le temps quand on se sait à moitié condamné ? Décidément, on n'est jamais content.

La journée fut un long calvaire. D'habitude, on annonce toujours les mauvaises nouvelles en premier. Là c'était le contraire, car Mélissa arriva avant ma mère.
Elle était radieuse. Elle m'avait appelé dès le matin pour m'annoncer qu'elle avait retrouvé son classeur. Il était dans sa boîte aux lettres, tel qu'elle l'avait oublié à la BU, la Bibliothèque de l'Université. Elle se demandait comment quelqu'un avait pu le placer dans son casier sans en avoir la clé. Comme disait Chris « ça n'a jamais été un problème. »
Elle avait révisé toute la matinée et s'y remettrait en rentrant. Sa visite fut donc courte, mais appréciable. Surtout en comparaison de ce qui arrivait.

Ma mère arriva à seize heures. Elle avait travaillé à six heures du matin et était sortie à onze. Elle avait donc eu le temps de vaquer à ses occupations, même si elle picolait également au travail. On en était encore au stade où les gens fermaient les yeux, mais ça ne durerait pas. Elle en avait conscience, et cela la mettait sur les nerfs.
Elle aborda le sujet de la mort de mon père, m'accusant presque d'être à l'origine de l'accident car je ne fondais pas continuellement en larmes depuis cinq ans comme elle.
Souffrant, fatigué de ses simagrées et à bout de nerfs, je lui

adressai des méchancetés que je n'aurais jamais pensé lui dire un jour. Elle s'en offusqua et tenta de me mettre une gifle. En voulant l'éviter, ma tête alla heurter la tablette à côté du lit, brisant ainsi la carafe d'eau qui y était posée. Deux infirmières firent irruption dans la chambre et poussèrent ma mère dehors. J'entendais encore ses cris dans le couloir, me tenant la tête à deux mains pour mieux supporter les coups de massue qui frappaient mon crâne.

Joëlle vint me calmer une fois ma mère évacuée. La voir me fit beaucoup de bien, je fis même l'effort, alors surhumain, de lui adresser un sourire. Elle resta une bonne heure à m'adresser des paroles réconfortantes, cela m'apaisa sans résoudre mon problème. J'appris le lendemain qu'elle avait déjà fini son service en venant me voir. Pourquoi n'est-ce pas elle ma mère ?

Le lendemain, mon réveil fut aussi douloureux que le précédent. Je m'aperçus, en cherchant des médicaments dans un tiroir, que j'y avais laissé le paquet de Chris. Je l'ouvris : il contenait une ardoise et un feutre bleu. Mes maux de tête continuaient et s'aggravaient, devenant parfois des épreuves terribles. Un jour, je ne sais plus lequel, mes migraines étaient si fortes que je me sentais partir. Je ne pouvais plus parler ni même hurler. Je me débattais à l'intérieur de ma prison de chair, mais aucun son n'en sortait.

Au vu de mon état, les médecins annulèrent la séance de chimio que je devais subir le mardi. Heureusement, Joëlle était là pour me soutenir. Mélissa m'apporta également une bonne nouvelle: elle avait eu quinze sur vingt à son interro. Était-ce pour ça que j'avais autant souffert toute cette semaine ? Agir pour les autres… Était-ce ça que Chris attendait de moi ?

Cela faisait quarante-huit heures que je dormais éveillé, tel un toxicomane au plus fort de sa crise de manque. La douleur de mon crâne me faisait presque oublier celle qui me torturait le ventre. L'héroïnomane en manque sent circuler le sang dans ses veines, il paraît que ça provoque des douleurs terribles. Les pires crises étaient celles où j'avais l'impression de sentir les cellules cancéreuses se propager en moi et y créer des tumeurs. C'était le cas ce soir-là. Heureusement, Chris avait prévu mon état. L'ardoise me permit de répondre à sa question « Quel bien ssouhaites-tu rendre? », j'avais noté mon désir dans un de mes rares moments de lucidité.

J'entendis subrepticement la voix grave et sonore de Chris «A... ....tres.... jaj ... oi...», «..ien ..... du..» avant de sombrer.

Le lendemain, mon réveil fut le meilleur depuis ce qui paraissait des mois. Les médecins n'en revenaient pas, jamais ils n'avaient vu amélioration si rapide. Je me sentais revivre sur le plan physique : marchant à merveille, je rendis visite à Monsieur Léon et allai même prendre l'air dans la cour de l'hôpital. J'étais comme libéré, comme si un poids m'avait été enlevé.

Mes facultés mentales étaient de retour, et avec elles des souvenirs jusque-là flous. La visite de Chris me revint. Je me rappelai de sa venue précédente, quand j'avais demandé la réussite de Mélissa. Il m'avait adressé un sourire narquois et énigmatique, à la fois de défi et de peine. Y avait-il un lien avec ma semaine de calvaire ?

Cette nuit, Chris m'avait averti « Avec des décisions ssages, de l'ardoise pas d'usage. » Il avait paru content en me quittant.

Je réfléchis longuement à tout cela. Je n'arrivais pas à m'ôter d'un doute : j'avais essayé d'appeler ma mère plusieurs fois la veille. Elle ne travaillait pas et aurait donc dû venir me voir. Elle ne répondait pas, mais mon inquiétude cessa vers quatorze heures. Je vis alors arriver ma mère, fraîche et détendue, comme je ne l'avais plus vue depuis cinq ans. Mon frère Maxime suivait, un bouquet d'œillets à la main. Le sourire de ma mère me fit immensément plaisir, je ressentis alors la même sensation que devant la jovialité de Monsieur Léon: celle d'avoir contribué à la joie des autres, d'avoir agi pour eux.

La nuit précédente, j'avais présenté une ardoise à Chris, celle-ci comportait une courte phrase « Que ma mer arrêt deux boire ». Ma lucidité avait des faiblesses, je n'avais pas l'habitude de faire des fautes d'orthographe mais j'étais excusé par mes migraines et ma main tremblante.

Chris avait rendu ma mère sobre ! Cela relevait du miracle. Pourtant, la femme pimpante que j'avais face à moi n'avait rien à voir avec l'épave alcoolisée provoquant des scandales à l'hôpital quelques jours auparavant. Même mon frère avait retrouvé le sourire. Ma mère m'expliqua qu'elle ne s'était pas réveillée de toute la journée d'hier, et que dans la nuit elle avait voulu se servir un gin. De violents vomissements l'avaient alors prise, la dégoûtant à jamais de toute boisson fermentée. Son regard avait repris son air sincère, le voile gris de l'alcool s'était dissipé dans ses yeux.

Par réflexe, elle proposa de boire du champagne pour fêter l'événement, puis éclata d'un rire cristallin. Cet éclat de rire nous poussa aux larmes, Maxime et moi. Qui ou quoi que soit Chris, il était celui qui avait réunifié notre famille.

Mélissa fondit en larmes en apprenant la nouvelle vers dix-huit heures, après ses cours. Au début de sa déchéance, ma mère l'avait accusée de vouloir me garder pour elle, et l'avait copieusement insultée. Ma chérie en était ressortie profondément choquée, je lus dans ses yeux que ce souvenir douloureux s'était évanoui en elle. Je la serrai dans mes bras, en chantonnant « Alban, Mélissa toujours tu aimeras… », et elle poursuivit « Mélissa, avec Alban, tendrement ». Ce petit chant précédait toujours un baiser langoureux. Ce soir-là, Mélissa resta dormir avec moi en cachette. Vanessa était au courant, et nous couvrait.

Après le long calvaire de la semaine précédente, cette journée magique m'avait épuisé. Rarement fatigue aura été si bénéfique.

Ce regain de forme me permit de réfléchir posément aux apparitions de Chris. Je tournai certaines questions de nombreuses fois dans ma tête. Ma douleur changeante, les pouvoirs de Chris, je sentais que tout cela était lié, mais comment ? Quelle était la justice qu'il prétendait rétablir ?

Il savait que j'avais le choix entre deux bonnes actions à formuler: la guérison de Kader ou le classeur de Mélissa. Agir pour les autres ne signifie pas agir pour tout le monde. Jusqu'où peut-on aider avec toute la bonne volonté du monde ?

Ma famille était reconstituée, ma copine allait terminer ses études avec succès, j'étais en forme comme je ne l'avais pas été depuis des mois... Que demander de plus ? Une dernière chose me séparait encore du bonheur parfait. Qu'en penserait Chris ?

CHAPITRE 5

Je n'avais pas pu voir Kader tellement j'étais mal la semaine passée. Sorti de l'hôpital, il y repassa pour me dire bonjour. Il me dit que les abrutis qui l'avaient agressé avaient été relâchés, faute de charge contre eux. En effet, les seuls témoins de l'agression s'étaient avérés être un couple de drogués bien connus de la police. Leur version serait donc écartée d'office devant un tribunal.

Il resta environ une heure, puis voulut partir avant la nuit, par prudence. C'était l'heure de mon repas, désormais plus attendu depuis la première rencontre avec Chris. Sur Eurosport, un programme me donna le cafard : c'était un championnat européen de tir à l'arc. Dès que j'en voyais, je repensais instantanément à cette finale nationale que j'avais perdue. Parmi les Français présents, je ne reconnus pas mon bourreau. J'ai perdu ce combat contre lui, toutefois la vie m'a offert une deuxième occasion de remporter une grande victoire, face à la maladie cette fois-ci. Et j'étais bien décidé à ne rien lâcher.

Comme pour m'encourager, Mélissa m'appela : elle paraissait soucieuse des menaces pesant sur Kader. Je tentai de la rassurer en lui disant que tout irait bien dès le lendemain, elle me rétorqua à nouveau que j'étais trop sûr de moi. Il faudrait que je lui parle de Chris, ne pas le garder pour moi...

Je m'endormis paisiblement, impatient de recevoir mon visiteur. Celui-ci arriva comme prévu, inondant la chambre de son aura bleutée, sa longue silhouette s'étirant devant mon armoire. Impossible de dire s'il était calme ou en colère, son visage ne laissant toujours pas transparaître la moindre émotion.

— Bonssoir, Alban, comment vas-tu ?

— Bonsoir Chris, je vais beaucoup mieux que la semaine passée, comme tu peux le voir.

— Tu as bonne mine, car tu as su trouver le bon chemin.

Maintenant, quel bien ssouhaites-tu rendre ?

— C'est un peu délicat, il y a cinq ans mon père est décédé par accident, j'aimerais que tu le fasses revenir à la vie, demandai-je d'une voix hésitante.

Pour la première fois, son visage trahit ses sentiments. Il se déforma en un horrible rictus sardonique, pareil à celui d'un démon. Cette face hideuse, devenue reptilenne, se mit à parler d'une voix sifflante pareille à un celle d'un serpent:

— Je t'ai parlé de sssagesssse… je pensssssais que tu avais trouvé la bonne voie…. vissssiblement tu en es encore bien loin….. sssss'est imposssssible… tu ne peux pas me demander sssssssss-sssssssssssaaaa…

La chose paraissait avoir des difficultés à s'exprimer, et se tenait le cœur, comme s'il allait éclater. À intervalles réguliers on pouvait percevoir un bruit poisseux et écœurant, comme la nuit où j'avais reçu le paquet.

Horrifié, je réprimai difficilement un hurlement quand le visage de Chris reprit le semblant d'humanité qui le caractérisait. La face de serpent avait disparu, comme si elle avait regagné sa tanière au plus profond de l'âme de Chris. L'idée qu'elle pouvait resurgir à tout moment me donna des frissons.

— Je répète une dernière fois: quel bien ssouhaites-tu rendre ? Choisis cette fois la voie de la sagesse, ou tu perdras ma confiance à jamais… annonça-t-il, le souffle court.

— Je souhaite… je souhaite… que ceux qui menacent Kader soient punis, afin qu'il soit à nouveau tranquille.

— Tu as retrouvé le bon chemin. Bien ssoit rendu !

La chambre numéro seize redevint sombre, me laissant hagard sur mon lit. Je mis du temps à retrouver le sommeil, mais en sortis dans une forme excellente. La journée se passa en réflexions: j'avais enfin eu un aperçu de la face sombre de Chris, et c'était bien pire que ce que j'avais pu imaginer. J'avais pourtant approché l'idée de revoir mon père vivant. Machinalement, je sortis de mon armoire un vieil album photo. Dedans figurait ma photo préférée de mes parents, celle où ils sont tous deux adossés à un énorme

bloc de pierre, dans un champ dont les barrières apparaissent en arrière-plan. Ce cliché incarnait la joie qu'ils ont pu éprouver ensemble. Cette pensée me tira de lourdes larmes qui s'écrasèrent sur le plastique protégeant les photos. Ce film plastique est l'unique rempart entre les défunts et la peine causée par leur départ.
Je me laissai aller et sanglotai pendant un bon quart d'heure. J'avais depuis peu l'impression d'être observé, bien que la pièce fût vide, et je crus également entendre des pleurs faisant écho aux miens. Si Chris pouvait apparaître et disparaître à son gré dans ma chambre, mon père en était-il également capable ?

CHAPITRE 6

Beaucoup de gens n'ont pas conscience de la douleur des autres. Tous ceux-là vivent souvent bien mal, ils bouleverseraient à coup sûr leur vie s'ils venaient à vivre quelques heures celle qui est la mienne à l'hôpital. La prise de conscience serait violente. Je ne gâchais pas mon temps à me lamenter sur mon sort, je me disais seulement que moi, au moins, je savais apprécier un lever de soleil. La vie devrait parfois être plus simple.

La journée s'annonçait agréable. J'étais de bonne humeur et bien dans ma peau. Une fois le petit déjeuner passé arriva Coralie, une des infirmières de journée. Coralie était une jeune femme de vingt-cinq ans qui élevait seule sa petite fille. Elle était très volontaire malgré son état de fatigue évident. Elle cumulait les heures supplémentaires pour compenser la pension que son ex refusait de lui payer. Les gens comme elle sont trop souvent abusés dans ce monde, Chris y croyait-il lui-même quand il parlait de « rétablir une certaine justice » ?

La mine triste de Coralie eut pour effet de me rappeler mes pleurs sur la photo de mes parents. Le fait que ma mère avait quitté le côté obscur avait été une grande joie pour moi, j'avais encore été trop naïf de penser que je pourrais obtenir un bonheur total... Tant que les malheurs succéderont aux joies, le bonheur parfait restera dans les livres de philosophie.

La télé passa un clip des Foo Fighters, le morceau *Best of you*. Les paroles de la chanson semblèrent se révéler à moi au moment adéquat: «*Were you born to resist... or be abused?*» Ces mots m'allèrent droit au cœur : bien sûr que je résisterais, et jusqu'au bout! Ce n'était pas pour rien qu'on m'avait accordé un ange-gardien.

Après le repas, une nouvelle fois excellent, Coralie parut agitée en entrant dans la chambre numéro seize.

— Il faut vous préparer, bien vous habiller et vous peigner:

on a de la visite aujourd'hui ! déclara-t-elle avec empressement.

— De la visite ? Si c'est ma mère ou ma copine, je n'ai pas besoin de…

— Mais non ! C'est Louis Rocher, le conseiller régional ! Il se présente aux élections municipales, et vient vous rendre une petite visite!

— Pourquoi vient-il me voir moi ?

— Il doit annoncer des subventions pour l'hôpital s'il est élu! dit-elle. Ce serait formidable!

Je ne répondis rien devant tant de naïveté, j'avais finalement trouvé pire que moi. J'allai me peigner afin d'être à peu près présentable. Si ma copine me voyait parfois dans un pyjama qui ne couvrait qu'une partie de mes fesses, ce n'était pas pour un opportuniste en costard que j'allais me mettre sur mon trente-et-un !
Louis Rocher vint donc me rendre visite, accompagné de ses adjoints-collaborateurs-conseillers-directeurs de cabinet-gardes du corps et d'un photographe. A côté du discours qu'il me tint durant cinq minutes, les banalités de ma mère ressemblaient à de la philosophie comparée. Cet homme avait une façade sympathique: derrière sa recherche de voix, on sentait une grande chaleur émaner de lui, toutefois quelque chose clochait.
Je l'écoutai d'une oreille, pensant « de toute façon, vu le peu de temps que je passe hors d'ici, y a des endroits plus intéressants qu'un isoloir ! » Sans savoir pourquoi car je ne l'avais jamais vu, son visage m'inspirait un sentiment d'hostilité, comme si un douloureux souvenir y était associé. Afin d'être tranquille plus vite, je décidai de me plier à leur cérémonial, respectant la devise de mon oncle Denis « *tu dis oui, tu gagnes une heure !* »

Deux semaines auparavant, une visite de ma mère m'aurait achevé après un épisode aussi grotesque. Mais la voir était redevenu un plaisir et non plus un calvaire. Sa visite me détendit, notamment quand elle m'apprit que Mélissa était repassée la voir, ce qui n'était plus arrivé depuis trois ans et ce différend entre les deux femmes de ma vie. Ma chérie ne pourrait pas passer, elle avait une grosse interro à réviser, et elle devait réussir si elle voulait être admise dans une grande école ensuite.

Ma mère m'annonça une grande nouvelle: « Mon garçon, j'ai demandé aux médecins une petite autorisation de sortie, on va aller faire une balade mardi tout les quatre avec Mélissa et Maxime, ça te dirait ? »

La sensation qui me parcourut alors s'approchait de ce que j'avais ressenti lors d'une fête organisée chez Mélissa, quand nos lèvres avaient pour la première fois exprimé ce que nos cœurs renfermaient depuis des années. Toutes proportions gardées, bien sûr.

Mélissa passa peu me voir durant ces quelques jours qui nous séparaient du mardi. Elle entrait dans la période décisive de son année, celle où elle devait assurer pour être acceptée dans une école d'ingénieurs.

Elle prit tout de même le temps de m'annoncer que les agresseurs de Kader avaient été arrêtés lors d'un petit braquage, de nouveaux témoins s'étaient déclarés et les avaient formellement reconnus. La police avait ainsi démantelé un groupuscule d'extrême-droite qui fabriquait des explosifs artisanaux.

Justice avait été rendue, j'allais bien, et ma famille venait me chercher pour une balade hors de mon quotidien blanc et gris. Je n'étais pas sorti de l'hôpital depuis au moins trois mois, car j'étais seulement remis de mon opération de janvier. On m'avait enlevé une partie du colon afin d'endiguer la maladie, l'opération n'avait été qu'un succès relatif, et avait eu des complications qui m'avaient cloué au lit pendant presque un mois.

En tout cas, je pensais que tout irait de mieux en mieux à partir de là, que les choses prendraient enfin une tournure souriante. Finalement, Coralie et moi avions le même niveau de naïveté.

CHAPITRE 7

J'eus droit à une surprise de taille dès ma sortie de l'hôpital: Mélissa s'était acheté une nouvelle voiture ! Elle avait troqué sa vieille Golf, car la carrosserie était plus couverte d'une belle couleur rouille que du noir qui l'avait enveloppée jadis. C'est dans une jolie Skoda Fabia qu'elle avait emmené ma mère et mon frère. J'étais étonné car Maxime tenait toujours à conduire, comme s'il ne faisait confiance qu'à lui derrière un volant. Ma chérie avait dû argumenter longuement pour l'emmener dans son nouveau bolide. Les recruteurs des écoles d'ingénieur trembleraient bientôt devant ce petit bout de femme aussi déterminé que tenace.

On m'installa devant, de manière à ce que je puisse profiter pleinement du paysage. Les infirmières m'avaient donné une petite boîte contenant mes médicaments pour la journée. L'hôpital était si loin, et mes proches si proches. Je me sentais vivre vraiment. Dire qu'il est des gens qui respirent cet air chaque jour sans même l'apprécier…

Ils avaient décidé d'aller dans les Vosges, afin de respirer l'air pur de la forêt de Mirecourt. Arrivant dans une clairière, Mélissa gara la Skoda et la balade commença. La matinée passa à une vitesse impressionnante. Mon souffle se retrouvait fréquemment coupé, la maladie et son traitement se rappelant à mon bon souvenir. Je ne fis jamais plus de cent mètres sans pause. Même si vos proches sont à des lieues de penser cela, vous sentez que vous êtes devenu faible, peu autonome et donc une charge pour eux. En tant qu'ancien sportif, j'avais beaucoup de mal à admettre ça. La frustration qui en ressortait s'ajoutait à la douleur de la maladie.

Revenus à la clairière, le pique-nique fut servi, ma mère et Mélissa avaient si bien cuisiné que mes repas hospitaliers ne me manquaient même pas. Salades, charcuterie, taboulé, sandwiches, fromages et tartes… Ce fut un vrai repas de famille, avec la nature pour unique décor.

Une fois ce festin terminé, je m'allongeai sur la couverture afin de contempler le ciel. Le chant des oiseaux était différent, je les entendais le plus souvent à travers les vitres de ma chambre, comme si la maladie cherchait à me couper peu à peu de la nature, de tout ce qui représentait la vie.

Je nageai dans une sorte de bonheur aveugle. Cette sensation m'envahit et je me crus alors en Égypte, pays qui me fascinait depuis toujours. L'herbe parut du sable chaud et le soleil sembla gagner en intensité. Outre le chant des oiseaux, le feulement doux du vent entre les branches parvenait à mes oreilles enchantées. Le printemps renaissait. Selon la mythologie grecque, la déesse Perséphone quitte les Enfers pour revenir sur Terre ; voilà pourquoi toute la Nature renaît au printemps.

Je me sentais revivre avec elle, bercé par l'agréable odeur d'humus qui emplissait l'air. Les chênes qui nous entouraient avaient une présence majestueuse et rassurante, et les écureuils qui circulaient sur leurs branches goûtaient également les délicieux rayons du soleil. Cette lueur était intense et apportait de la joie aux paysages, à l'opposé de la clarté blafarde et sinistre que dégageait Chris.

La beauté de cette scène me subjuguait, et même si Mélissa desserra son étreinte pour aller marcher dans la forêt, les médecins auraient dit de mon état qu'il était paradisiaque. Cette béatitude dura quelques minutes, puis je me sentis partir. Tout à coup, de violents spasmes parcoururent mon corps, et je crus m'étouffer. De larges flots de salive coulèrent des commissures de mes lèvres, m'empêchant de crier. Maxime et Mélissa étaient partis chacun de leur côté pensant que je dormais. Seule ma mère était là. Elle m'empêcha de m'étouffer grâce à une cuillère qu'elle utilisa pour bloquer ma langue. Tout cela se passa en quelques instants, je la vis ensuite appeler mon frère et ma chérie qui arrivèrent à bout de souffle. Et après cela, plus rien.

J'avais perdu connaissance vers quinze heures environ. On m'avait ramené d'urgence à l'hôpital, où j'avais dormi jusqu'au lendemain midi. J'avais la bouche pâteuse et très mal à la tête. Dormir autant m'avait fatigué, et mes muscles étaient perclus de courbatures dues à ces efforts devenus inhabituels.

Outre ma souffrance physique, une autre, morale celle-là, m'envahissait. Comme un cauchemar qui paraissait réel, dans lequel Chris était face à moi, me regardant de ses yeux froids tandis que je me débattais violemment sur mon lit, semblant lutter avec moi-même. Un détail rendait l'ensemble plus crédible qu'un rêve que le réveil peine à effacer : les yeux de Chris étaient emplis d'une inquiétude anormale chez lui.

La nuit précédente devait être celle de la visite de Chris. Était-il venu durant mon sommeil ? Avais-je sombré dans une sorte de délire, ou était-ce réellement un rêve ?

Mélissa puis ma mère me rendirent visite, me disant combien elles avaient été inquiètes. Ma mère me dit que j'avais fait une crise d'épilepsie, une première chez moi. Mélissa et Maxime étant loin, elle seule avait eu le bon geste. Si elle avait continué à boire, elle ne se serait pas rappelée de sa formation de secouriste et n'aurait probablement pas pu me sauver. On peut me dire que si elle n'avait pas été sobre, on n'y serait pas allés et cela ne serait pas arrivé. C'était vrai, mais je préférais croire qu'on s'était mutuellement sauvé la vie chacun son tour. Quoi qu'il ait pu se passer cette nuit, merci Chris.

Nous étions le dix avril. Deux jours plus tard, ce serait notre anniversaire avec Mélissa. Pourtant, le climat n'était pas au beau fixe. Peu avant notre escapade forestière, elle m'avait vu bavarder avec Coralie, la jeune maman, et m'avait fait une scène de jalousie dans ma chambre. Bien sûr, mon malaise avait dépassé cette histoire sur l'échelle des priorités, mais ma chérie était aussi adorable que rancunière.

Toutefois, c'est dans la cabine du scanner que la date me revint, il fallait bien une pensée heureuse dans ce cylindre froid et hostile au rayon rappelant vaguement l'aura de Chris.

Je n'avais jamais eu de crises d'épilepsie auparavant, cette nouveauté ne présageait donc rien de bon. Les médecins me dirent que les résultats seraient connus sous deux jours. J'appréhendais maintenant cette date, la plus heureuse qui soit. Cette saloperie me prendrait-elle tout, jusqu'à ce que j'avais de plus cher?

CHAPITRE 8

Ce onze avril, je n'eus pas de nouvelles concernant les résultats du scanner. Le docteur Bakwa était un homme froid et cassant, je ne voulais pas avoir à faire à lui pour ce genre d'informations. Peut-être que je ne voulais même pas les connaître, au risque de gâcher un moment magique. On verrait ça le treize avec le docteur Fofana, qui était beaucoup plus humain que son collègue.
Le jour J arrivé, je me serais levé d'un bond avec l'envie de conquérir le monde pour ma belle. Si je n'avais pas été cloué à un lit ces derniers mois. Alors je me levai doucement. En dépit de sa lourde charge symbolique, cette journée ne serait pas une bonne journée.

Mélissa s'était arrangée pour me faire douter, étant absente depuis deux jours : ses examens faisant une courte pause, elle avait travaillé à nous organiser une belle fête d'anniversaire, malgré le fait que que les médecins m'avaient interdit toute sortie.
Elle arriva à onze heures, resplendissante dans une petite robe de soie beige qui mettait en valeur sa taille fine et ses jolies jambes. Si j'avais touché le Paradis, allongé dans cette clairière, j'avais maintenant droit à la visite d'un de ses anges.
Elle m'embrassa langoureusement avant de poser un gros sac de commissions au pied du lit. Malgré tout cela, je voyais bien que quelque chose la contrariait toujours. Oubliant cela, je me sortis faiblement du lit, tirant le drap pour lui montrer que moi aussi, j'étais à la hauteur de l'événement. J'avais mis ce jean brut qu'elle m'avait offert et une chemise blanche. J'avais renoncé à un T-shirt près du corps, car la maladie m'empêchait de les remplir comme avant. Pour les mêmes raisons, je dus bien serrer ma ceinture pour ne pas perdre mon pantalon.
D'un regard plein d'amour, elle parut lire dans mes pensées :
    — J'ai amené de quoi engraisser mon loulou ! Regarde !

Elle dévoila alors le contenu du sac : elle avait commandé deux repas au restaurant asiatique situé à côté de chez elle, celui où on allait régulièrement avant. Elle avait même refait une tarte aux pommes semblable à celle que nous avions dégustée dans la clairière, et que j'avais trouvée si bonne. Beaucoup de malades perdent vite l'appétit, ce n'est heureusement que rarement mon cas. Car renoncer à manger, c'est souvent renoncer à vivre.

Vivre, cela aura rarement été aussi agréable que ce jour-là. Après ce déjeuner aux chandelles pour lequel on avait fermé les rideaux et les fenêtres, on s'était longuement embrassés en se tenant par le petit doigt, comme lorsque nous étions encore enfants et déjà si proches, chantant presque en murmures « Alban, Mélissa toujours tu aimeras, Mélissa et Alban, tendrement... »
Rarement nous nous étions sentis aussi proches l'un de l'autre. Elle alla alors chercher un autre sac, plus petit celui-là, qu'elle avait soigneusement laissé dans l'entrée. Elle me l'offrit en le manipulant avec précaution. Après avoir défait le paquet, j'en sortis une boule de papier chiffon. Un nouveau déballage révéla une superbe tasse de porcelaine nacrée parée de motifs marron brillant. Une fois tout le papier ôté, j'avais devant moi un magnifique service à thé estampillé *made in Egypt*. Mélissa me lança un regard interrogateur. La télépathie aidant, je plongeai ma main au fond du sac et sentis une sorte de pochette. Je la sortis pour découvrir avec surprise deux billets d'avion pour le Caire. Elle me sauta au cou :

— Ils sont valables six mois : quand tout ça sera fini, on ira prendre le soleil tous les deux !
L'air incrédule, je ne pus me contenir et fondis en larmes. L'Égypte était un pays qui me fascinait, et ma chérie comptait m'y emmener ! J'avais essayé d'y aller une fois, quand j'avais neuf ans. Mélissa, déjà, avait proposé de m'accompagner, alors je l'avais aidée à faire ses affaires. Parés de bonbons et de gâteaux, nous étions partis avant de nous apercevoir que nous avions oublié de prendre de l'eau. Notre voyage avait duré deux kilomètres, mais nous nous étions promis d'y aller un jour.
Après avoir échangé un nouveau baiser hollywoodien, je lui tendis

à mon tour un petit paquet brun. Une fois le papier cadeau bleu nuit retiré, elle découvrit un écrin noir satiné, et ses grands yeux verts s'élargirent encore de désir. Ma chérie y trouva une petite bague d'argent ornée d'un éclat d'émeraude. Le minuscule objet acheté par ma mère sembla instantanément capter la faible lumière qui baignait la chambre. Je sautai sur l'occasion de faire le joli cœur content de lui :

— Son éclat m'a rappelé tes yeux et…

J'avoue qu'elle a une manière bien agréable de me faire taire. Les fameuses cartes d'anniversaire, celles que l'on conservait tous les deux dans une petite boîte à chaussures depuis qu'on était ensemble, s'échangèrent ensuite. Je me dis à un moment qu'il manquait une coupe de champagne pour compléter cet instant magique, mais les docteurs m'avaient interdit l'alcool, et une tout autre ivresse s'annonçait…

Mélissa sortit alors, toujours de derrière la porte, son vieux poste CD qu'elle brancha sur ma petite table. Commencèrent alors les premières notes de *Take my breath away*, la bande originale de *Top Gun*. Il s'agissait de la chanson sur laquelle nous nous étions embrassés pour la toute première fois, il y avait quatre ans jour pour jour. Un flot d'émotions me submergea, et mes larmes coulèrent, mouillant la bretelle de sa robe. Ses mots doux me firent revenir à moi, et j'entrepris de lui retirer lentement cette robe si jolie, mais devenue encombrante…

La journée fut donc un nirvana. Après avoir fait l'amour, elle s'endormit dans mes bras, en me tenant par le petit doigt. Le sommeil lui faisait retrouver les petites manies de son enfance : c'était notre manière de se dire qu'on s'aimait. La pensée de cette époque, quand la souffrance n'avait pas encore chassé l'insouciance, me fit m'assoupir à mon tour.

En se réveillant, elle me confia ses angoisses pour la fin des examens et les entretiens d'écoles qui allaient suivre. Je tentai de la rassurer, elle me reprocha une nouvelle fois d'être trop sûr de moi. Cette assurance me venait bien sûr de Chris, et je décidai alors de lui en parler. Je lui racontai tout, mis à part l'horrible expression reptilienne qu'il avait arborée la nuit où je lui avais demandé la résurrection de mon père.

Cela la surprit moins que je ne l'aurais pensé. Décidément, je ne la connaissais pas encore par cœur. Elle me demanda de nombreux détails, semblant même s'y intéresser un peu trop. Cela risquait de la perturber à l'approche de ses examens, et je commençai à regretter cette confession.

Je changeai alors de stratégie en dédramatisant cette histoire, afin que ça ne la mine pas trop. Avant de partir, elle s'excusa de sa jalousie excessive vis-à-vis de Coralie. Je la pardonnai facilement, m'étonnant à peine qu'elle ne m'ait jamais fait de scène pour Sandra, l'horrible sorcière en blouse.

Un quart d'heure à peine après notre baiser d'au revoir, mes migraines recommencèrent de plus belle, comme si elles avaient attendu le départ d'un ange pour me faire vivre l'enfer.

Le lendemain, elles étaient toujours là. Je me décidai à aller voir le docteur Fofana, mais c'est son collègue Bakwa qui entra dans ma chambre. Avec la chaleur qui le caractérisait, il m'annonça que la maladie progressait en moi et avait créé un œdème, une petite poche d'eau, dans mon cerveau.

<u>CHAPITRE 9</u>

Cet œdème, cet après-midi-là, envahissait mon crâne dans tous les sens du terme. Le combat se durcissait : depuis l'ablation d'une partie de mon colon, je n'avais pas eu de réel dégât physique lié à mon mal. Joëlle passa me voir vers dix-sept heures, tout comme le docteur Fofana. Il m'annonça que j'allais subir une thérapie aux rayons pour faire disparaître des radios cette tâche de la taille d'une olive. Cela aurait pour effet de faire tomber mes cheveux.

Quand Mélissa m'appela le soir après ses révisions en retard, elle ne parla pas de Chris. Pourtant, sa voix, d'habitude si fine, était marquée d'une certaine inquiétude. N'ayant pas la force de dire la vérité, et surtout pas au téléphone, je lui déclarai que mes résultats n'étaient pas encore connus. Ma mère, qui était passée brièvement dans l'après-midi, eut droit au même mensonge. Je serais plus solide le lendemain.

Trois jours passèrent, trois jours d'intenses maux de têtes, causés à la fois par l'œdème et les séances quotidiennes de rayons. Pour endurer ces moments difficiles, je repensais à toutes les photos romantiques, et érotiques, que mes yeux avaient pu prendre lors de la journée d'anniversaire passée avec ma chérie. J'avais alors l'impression que son petit doigt venait serrer le mien.

Pas de séance de rayons le lundi, cela me reposa le corps et l'esprit, je me sentis comme en sécurité. Mélissa passa me voir après ses cours, la mine soucieuse. Après s'être informée de mon état de santé, elle me tendit une photo de nous deux prise lors de notre anniversaire. Je n'avais plus revu d'image aussi joyeuse de moi depuis bien longtemps, et voir mes cheveux commençant à déserter n'arrangeait rien.

Elle me tendit alors une photo jaunie : cette vision me fit un choc. Sur cette vieille image figurait un homme d'une vingtaine d'années, arborant un large sourire et habillé d'une longue blouse blanche, celle-ci semblait envelopper à peine une silhouette fine et élancée. Ses mains, noueuses et maigres, me frappèrent encore davantage. C'était celles, dépourvues de toute vie, qui serraient l'arceau de mon lit tous les mardi soir afin de « rétablir une certaine justice. » Au bas de la photo, un nom avait été griffonné au feutre blanc: *Chris.*

Une fois Mélissa partie, je fixai longuement la photo, essayant de me convaincre que ce jeune infirmier à la mine fraîche et énigmatique n'avait rien à voir avec la chose semi-humaine qui me rendait visite. Cela faisait deux semaines que je ne l'avais pas vu, et mon cerveau avait été soumis à rude épreuve depuis ; je pouvais donc encore m'imaginer que ces deux entités étaient distinctes.

Après avoir fait une sieste afin de m'éloigner de ce corps meurtri et souffreteux, j'avais les idées un peu plus claires. Je repris alors la photo, et mon esprit y superposa la silhouette fantomatique du Chris de ma chambre. Les traits correspondaient parfaitement: pas de doute, c'était bien lui. Une fois cette certitude établie, je m'attachai aux détails. Je m'aperçus alors que la photo avait été prise dans la cour de l'hôpital de Brabois, près d'un grand chêne aujourd'hui abattu. Mon attention se porta également sur sa main droite : on aurait dit qu'il lui manquait une phalange à l'auriculaire.

Mais ce qui choquait le plus était son sourire. Différent des airs sardoniques qu'il adoptait dans ma chambre, ce sourire était mystérieux, comme celui de la Joconde. Quel lourd secret masquait ce sourire teinté d'une tristesse insondable ?

Peut-être aurais-je des indices lors de la nuit : on était mardi soir.

J'eus bien du mal à trouver le sommeil. Retrouver des paquets entiers de vos propres cheveux sur votre oreiller à seulement vingt-deux ans provoque une sensation que je ne souhaite à personne, pas même à celui qui m'a battu en finale de tir à l'arc. On se sent déjà mourir alors que l'on commençait à peine à vivre.

Je parvins finalement à sombrer, résolvant pour quelques heures mon problème de migraine. Trois exactement, car à minuit je reçus une visite.

J'ouvris les yeux, tiré de mon sommeil par la voix si particulière de Chris, à la fois grave et murmurante.

— Réveille-toi, Alban. Tu parais en bien meilleure forme que la dernière fois, heureussement.

— Que s'est-il passé la semaine dernière ? Je n'ai que des flashes, je…

— Nous avons évité de peu une catastrophe majeure, et c'est bien mieux ainssi, crois-moi. Tu n'as pas besoin d'en savoir davantage.

Observant sa main droite, je m'aperçus que son auriculaire droit était plus court que l'autre. Je décidai de me lancer :

— Avais-je besoin de savoir que tu étais infirmier ici ? Voilà pourquoi tu m'as dit que rentrer ici n'a jamais été un problème ! Chris parut troublé, comme une façade qui tombe, ne révélant au final qu'un être humain ordinaire.

— Je ne ssais pas qui t'a dit ça, je…

— De quand tout cela date ? Qu'est-ce qui s'est passé ensuite ? Qu'est-il arrivé à ton doigt ?

— Arrête de poser autant de quesstions ! s'emporta-t-il. Concentre-toi sur ta mission !

— Quelle mission ? Il faudrait m'en dire plus, je…

— Quel bien ssouhaites-tu rendre ? Tu t'es fait du mal en refusant de faire le bien la dernière fois ! L'as-tu remarqué ?

Je ne comprenais pas du tout ce qu'il disait : était-ce à cause du souhait avorté que j'avais tant souffert ces derniers jours ? La confusion gagnait mon esprit, par chance j'avais réfléchi à ma réponse. J'avais vu sur la chaîne info, à midi, que l'usine Toyota d'Onnaing, près de Valenciennes, allait fermer sur décision des actionnaires. Des centaines de personnes se retrouveraient sans emploi. J'avais peut-être les moyens d'éviter un tel drame à cette région qui en avait déjà connu beaucoup, il était de mon devoir d'agir pour les autres.

— Que l'usine d'Onnaing ne ferme pas, afin que tout le

monde garde son emploi !

— Bien, je savais que je pouvais compter sur toi, même si tu es trop curieux, dit-il d'un ton soulagé. Bien ssoit rendu !

— Qui es-tu, Chris ?

Cette question sema encore davantage le doute dans son esprit. Il me regarda, et l'expression de légère satisfaction qu'il avait montrée en entendant mon nouveau souhait se renforça soudain, comme s'il consentait enfin à parler.

— Depuis tout ce temps, tu posais des questions trop précises sur moi, et tu t'es enfin décidé à parler de moi à Mélissa. La sagesse progresse en toi, ton ssouhait le prouve. Tu as déjà appris de tes erreurs, mais prends garde à ne pas en commettre une nouvelle, cela serait un véritable désastre. Je ne peux pas te dire qui je suis. Sache seulement que j'ai fait de vilaines choses, et que tout le monde autour de moi en a souffert.

— C'était à l'époque où tu étais infirmier dans cet hôpital ?

— Oui, à peu près, mais tout a empiré ensuite...

— Es-tu une sorte de fantôme qui hante ce lieu ?

— C'est... C'est bien plus complexse que cela, je...

Le visage de Chris s'affaissa alors, révélant une profonde peine, et je m'aperçus que des larmes de sang coulaient de ses yeux vides.

— Non, pourtant, je ne devrais pas... dit-il d'une voix émue.

— Pourquoi ne devrais-tu pas ? Car c'est réservé aux humains ?

— Les humains... Obsserver leur comportement ne donne pas envie de les rejoindre...

— Tu as une vision trop négative... Ce que ressentent les humains est parfois bien plus beau que le mal qu'ils peuvent répandre...

— Comment peux-tu te montrer d'un tel optimisme alors que la vie s'acharne sur toi et que tu ssouffres ?

— Tout simplement parce que je crois en ma vie, et que je ne laisserai rien ni personne me la retirer. Je connais le goût de la défaite, et je ne souhaite pas éprouver cette amertume à nouveau. Voilà pourquoi je triompherai, quoi qu'il arrive.

— Je savais que tu valais le coup, je ssuis content d'avoir été dans le vrai au moins une fois dans ma vie.

— Pourquoi dis-tu ça? Je...

Cette phrase ne s'adressa qu'aux murs. Chris avait disparu. Le lendemain, la fierté que je ressentis à l'annonce de la sauvegarde de l'usine d'Onnaing et de ses employés était indescriptible. Si chaque être humain pouvait faire autant que moi cloué dans mon lit, le monde ne serait pas comme il est, mais comme il devrait être.

Je menai mon enquête auprès du personnel de l'hôpital à propos de Chris. Je me heurtai alors à un silence collectif. Mes alliés comme Joëlle, Vanessa, Coralie ou le docteur Fofana étaient là depuis trop peu de temps, et les plus anciens évitèrent le sujet, certains étant manifestement mal à l'aise à l'évocation de ce prénom.

Je n'avais pas besoin de m'arracher les cheveux pour résoudre cette énigme, ils s'en chargeaient très bien eux-mêmes. Cela me mina le moral durant le week-end, le premier durant lequel je ne reçus aucune visite depuis très longtemps. Ma mère était en voyage chez mon oncle Denis, à Strasbourg, et Mélissa était à Epinal, elle suivait un stage de préparation aux entretiens d'écoles qu'elle allait bientôt subir. Kader avait pris des vacances et Maxime était, selon sa propre expression, « très pris par son travail. »

Je demandai ainsi à Monsieur Léon quand le grand chêne du parc avait été abattu. Ce vieil homme sympathique et lubrique était une mémoire vivante de la ville, et il me répondit que l'arbre avait été coupé six ans auparavant, car il menaçait de s'effondrer sur le bâtiment des urgences.

Je ne lui avais pas parlé de Chris jusque-là. Voyant sa photo, il eût un frisson. Il me répondit qu'il n'avait jamais vu cet homme, mais je voyais bien qu'il essayait d'éluder la question.

En désespoir de cause je demandai à ma mère, lors de l'une de ses visites, si elle avait déjà vu Chris. Son frisson m'informa qu'elle savait de qui il s'agissait. Elle, elle me le dirait.

    — Cet homme était infirmier ici il y a des années. Il m'avait fait un bandage lorsque je m'étais foulé la cheville en tombant dans un escalier. Cela fait cinq ans, c'était peu après le décès de ton père. Pourquoi tu me demandes ça ? Où tu as eu cette photo ?

    — Cet homme me rend parfois visite.

    — Alors tu le connais ? demanda-t-elle avec une pointe

d'inquiétude.

 — Non, c'est bien pour ça que je veux en savoir plus, il ne veut pas me le dire lui-même. Tu n'as jamais rien remarqué de bizarre chez lui, une attitude étrange ?

 — Maintenant que tu me le dis, ça me revient. J'ai le souvenir d'avoir ressenti une intense mélancolie lorsqu'il m'a pris la jambe pour me soigner. Comme si il irradiait la tristesse. Après cela, il s'est subitement senti mal, c'est un de ses collègues qui a terminé mon bandage. Il ne pouvait plus tellement il tremblait.

 — Tu l'as revu depuis ?

 — Non, je ne crois pas.

Ma mère n'était pas du genre à avoir en tête un dossier complet sur chacun de ses contemporains à force de collecter les ragots. Elle ne parvint pas à retrouver son nom. Toutefois, elle avait amené de quoi prendre le thé, avec les indispensables petits gâteaux. Malheureusement, la boisson fit vite demi-tour et termina dans les toilettes. Ne pouvant tenir debout, les infirmières me mirent au lit. En partant, ma mère était très inquiète, et je n'avais même pas le courage de lui décrocher le sourire qui aurait pu la rassurer.

Le soir, Mélissa m'appela. Elle avait fini son stage à Épinal, et avait reçu les résultats de son année. Elle était admise avec 12,55 de moyenne. Tout allait bien pour elle, pour moi beaucoup moins. En plus, elle allait être absente toute la semaine car elle devait se rendre à Metz, Troyes, Lille et Paris pour y passer des entretiens de grandes écoles. Je faisais des efforts surhumains pour paraître en forme au téléphone, pour ne pas lui faire de soucis dans cette période cruciale. Je dus bien m'en tirer, car elle n'ajouta rien quand je lui dis que j'allais bien.

Le lendemain soir, dimanche, Mélissa m'appela à nouveau. Mon état avait empiré dans la journée, entrecoupée de crises d'angoisse. J'avais sué à grosses gouttes dans mes draps et il me fallait du temps pour me souvenir de choses pourtant bien connues.

Mélissa parut inquiétée par le ton de ma voix, bien que son appel m'ait redonné de la lucidité. Je trouvai les ressources pour la rassurer, en invoquant notamment la fatigue. Je n'allais tout de même pas lui dire que l'œdème, malgré les rayons, se développait dans mon cerveau en poussant ce qui l'entourait. Ni que cela me causait des pertes de mémoire et une certaine confusion.

Mélissa avait sacrifié de son temps alors précieux pour faire des recherches sur Internet et à la bibliothèque municipale, ainsi qu'à la BU.

Il s'appelait Chris Suriano. Il avait travaillé environ un an à l'hôpital de Brabois, avant de se suicider le 13 mars 2003. Rien d'autre n'apparaissait, il n'était présent que dans la rubrique faits divers, et on ne lui connaissait aucune famille. Bien qu'il émettait une faible lueur lorsqu'il me rendait visite, Chris n'avait jamais été qu'une ombre durant toute sa vie.

Ma chérie commençait sa semaine par un entretien à Troyes, puis le lendemain à Metz, ou l'inverse, je ne sais plus. Ou était-ce Paris?

CHAPITRE 11

Mon état empirait d'heure en heure. Je souffrais d'une souffrance générale. Si seulement tous ces maux pouvaient s'annuler entre eux, au moins quelques-uns... Malheureusement, ils semblaient coopérer pour causer ma perte. Dans quel état ma chérie allait-elle me retrouver ? J'avais parfois des crises de délire, ce matin je sentais même mes cheveux repousser. Cela faisait deux jours que mon crâne était entièrement lisse. Ironiquement, pour certains, c'était une mode.

À ce propos, tout le monde cherche à perdre du poids de nos jours. Les repas de l'hôpital étaient toujours aussi bons depuis mon coup de pouce aux revendications de Monsieur Léon. Seulement le produit que l'on m'injectait pour détruire les cellules cancéreuses ravageait également mon organisme. J'en étais à un stade où je ne savais même plus qui, de la maladie ou du traitement, causait le plus de dégâts. A moins que ce ne soient les rayons. Je ne savais même plus où était la salle des rayons. Parfois j'en arrivais même à ne plus savoir où était la porte de ma chambre. Comme disait Pierre Desprosges, « je baisse. »

Les gens qui ont des troubles de la mémoire, paradoxalement, arrivent par moments à se souvenir de pensées lointaines et laissées pour mortes. La date du 13 mars m'apparut soudainement : c'était le jour où Chris était venu me rendre visite pour la première fois, quand il avait fui devant mes hurlements. À ce moment-là, ils étaient volontaires, je n'étais pas encore devenu une charge permanente pour les infirmières... Je me sentais de plus en plus dépendant des autres, et cette idée m'était insupportable.

La date du 13 mars était donc celle du suicide de Chris. Cela ne pouvait pas être un hasard. Je voulais des informations sur mon ami nocturne du mardi, j'étais servi: il était mort. Au vu de ses mains décharnées et de son œil vide, je l'aurais deviné même avec mes facultés mentales déficientes.

On me donnait des calmants pour mes crises d'angoisse, des aspirines pour mes migraines, des rayons pour l'œdème, de la chimio pour le cancer et de la morphine pour la douleur générale, tellement je ne faisais plus la différence. Mon corps était un château-fort assailli d'infections, jusqu'ici vaillamment repoussées, mais qui avaient maintenant franchi les murailles.

Par chance, la conjonction de tout ce qu'on m'envoyait ou injectait me garantissait de courts mais trop rares moments de lucidité. Coralie, Vanessa et Joëlle étaient aux petits soins pour moi, mais il m'arrivait parfois de les reconnaître à peine. Mélissa, elle, devait être vers Nancy, loin d'ici…

Sans doute à moitié inconscient, j'avais débranché le téléphone de ma chambre. Mélissa m'avait appelé de nombreuses fois. Une infirmière était même venue avec un sans-fil mais j'avais refusé de lui parler, prétextant trop de fatigue. Je ne voulais surtout pas qu'elle entende ma voix zombifiée aligner des propos incohérents. Coralie m'avait fait passer le message: Mélissa avait fait trois entretiens, un avait été moyen et les deux autres s'étaient passés à merveille. Je pensai qu'il devait s'agir d'une bonne nouvelle.

Ma mère venait tous les jours, arrivait inquiète et repartait désespérée. Plus qu'hier et moins que demain. Pourquoi y'avait-il fallu que la voiture de mon père explose et lui avec ? Cette saloperie qui me rongeait à petit feu m'aurait-elle étreint si mon père était encore de ce monde ? Pourquoi ne pouvait-il pas venir me voir comme le faisait Chris ? Voilà toutes les questions que je me posais quand ma mère était là, pendant que je la fixais d'un œil vide alors qu'elle essayait de me reconnecter à la réalité. Quelle réalité ?

Le soir, Chris devait passer me voir. Ou était-ce demain ? Ou avant-hier ? Non, c'était bien pour le jour même. Mélissa ne devait plus avoir qu'un entretien avant de revenir. Ça devait se passer en Égypte, de mémoire…
Avant de me coucher, j'eus l'impression d'avoir vu du tir à l'arc.

Cela eut pour effet de me rappeler cette finale perdue. Depuis, je livrais un combat bien plus risqué face à un adversaire invisible. Et en cas de défaite, ce n'était pas la médaille d'argent qui m'attendait, mais les poignées en laiton et l'intérieur capitonné.

J'étais extrêmement fier, même si ça ne se voyait pas de prime abord. Et j'avais horreur de perdre. C'est pourquoi je m'efforçais de gagner seul, afin de conjurer moi-même le spectre de la défaite. Mais, face à un tel enjeu, on pouvait se permettre de se faire aider. J'avais déjà pensé maintes fois demander à Chris de me guérir pour de bon. Jusque-là, j'avais tenu le coup et avais tout encaissé seul. Allais-je m'en sortir avec une pareille tactique ? C'était décidé, cette nuit, quand Chris viendrait, je lui demanderais ma guérison. Par sécurité, je l'avais marqué sur l'ardoise. Je l'avais retrouvée, elle était perdue depuis deux jours, peut-être vingt-sept.

Dans un état de quasi-sommeil permanent, mes nuits ressemblaient beaucoup à mes jours, en plus sombres. Cette nuit-là, je ne sais pas si j'ai dormi, mais en tout cas je n'ai pas été réveillé. Chris n'était donc pas venu.

Le lendemain j'eus une crise de lucidité qui me fit effacer le souhait inscrit sur l'ardoise. Non, je mènerai ce combat seul, et l'emporterai seul. Y arriverais-je ? J'avais presque honte de moi d'avoir été faible au point d'appeler à l'aide. C'était décidé. Je me rappelais que Coralie m'avait paru vraiment malheureuse ces derniers temps. J'avais entendu Sandra, le kapo des couloirs, en parler avec une de ses collègues. La situation était critique pour cette jeune femme si attachante, et je me devais de lui venir en aide. Je notai donc sur l'ardoise « Que Coralie n'ait plus de problèmes pour élever son enfant. »

C'était bien cette nuit-là que Chris devait me rendre visite. Son arrivée me surprit moins que les fois précédentes. Il faut dire que je n'avais pas réellement dormi depuis une semaine. Pas facile d'être réveillé en sursaut, même par un être surnaturel, luminescent et déjà mort.

Chris m'apparut, sa voix grave et assourdissante résonnant à nouveau dans la chambre numéro seize. Dès son arrivée, je notai qu'il paraissait troublé, contrarié. Ses traits étaient tirés. Était-ce à cause de notre dernier entretien, durant lequel je m'étais montré curieux et tenace, ou mon état l'attristait-il autant que mes proches ? Plongé dans une sorte de torpeur hypnotique, je le saluai puis le laissai parler, prononcer ces phrases qui, au fil des semaines, étaient devenues un petit rituel entre nous.

— Bonjour Alban, comment te ssens-tu aujourd'hui ?

— Est-ce que j'ai l'air d'aller bien ?

— Non, c'est vrai, mais, outre la sagesse, la ténacité est une qualité que tu as déjà démontrée, et dont tu dois faire preuve davantage encore. Tiens bon, il resste encore tant à faire !

— Tant à faire ? m'emportai-je. Serai-je seulement encore vivant lors de ta prochaine visite ? Cet œdème dans mon crâne, il progresse malgré les séances de rayons qui m'ont fait tomber les cheveux. Regarde-moi, je parais plus mort que vif !

— C'est faux. On remarque fassilement des yeux qui ont perdu tout espoir de vivre, et les tiens n'en font pas partie. Tu dois t'accrocher ! Le monde a besoin de tes bienfaits!

— Comment peux-tu décider si j'ai renoncé à la vie ou non ? En quoi peux-tu juger cela, toi qui es mort il y a plus de cinq ans ! Et d'ailleurs, pourquoi m'es-tu apparu cinq ans jour pour jour après ton décès ?

— Je vois que tu t'es documenté à mon sujet, répondit-il sans être surpris. Tu devrais utiliser tes faibles réserves d'énergie à ssauvegarder ta vie plutôt qu'à connaître la mienne. La sagesse passe aussi par là.

— De quelle sagesse parles-tu ? Comment peut-on continuer ce petit jeu alors que je meurs à petit feu ? Pourquoi tu m'as choisi moi, et pas Monsieur Léon, par exemple ? Te rends-tu comptes de ce que tu me demandes ? Adoucir la souffrance des autres pendant que je ne peux me défaire de la mienne ?

— Tu as une analyse lucide, je dois le reconnaître. Ssache seulement que je ne t'ai pas choisi par hasard. Il existe des raisons profondes à cela, qui n'ont pas besoin d'être dévoilées sous peine de risquer de tout détruire.

— Tout détruire ? Mais tu te moques de moi, Chris Suriano !

C'est moi qui serai détruit bien avant cela !

— Cs'est là que tu te trompes.

— Tu m'as parlé de ta famille qui avait souffert de tes actes, dis-je avec le souffle court. Comment se fait-il qu'on ne trouve aucune trace d'eux ? Qu'est-ce que tu leur as fait ?

— Ils ont disparu de la mémoire collective, à cause de l'injustice qui règne dans ce monde, et que nous combattons tous les deux. Garde cela à l'esprit, Alban : tu as pour mission de ssauver le corps et l'esprit. Ils sont indissociables et le salut de l'un ne peut se faire que par celui de l'autre. Il est ici question de sauvetage mutuel. Saisis-tu les enjeux du problème ?

— Je ne comprends pas, mon cerveau est chaque jour plus malade. Comment tu veux que je comprenne tes mystères ?

— Toi et moi sommes liés, Alban. Liés par une force ssurpuissante qui détermine le destin de ce monde. Tu as la chance de forcer ton destin, de le modifier. C'est une chance inestimable. Je suis ton guide dans cette lourde tâche. Réussis dans ta mission, et nous en tirerons tous deux un immense bénéfice. Faillis et nous sombrerons ensemble dans un puits ssi profond que même la lumière du soleil ne peut y pénétrer.

— De quoi parles-tu ? De l'Enfer ? déclarai-je, les yeux révulsés.

— J'en ai bien trop dit. Tu m'as montré que tu savais rechercher des informations sans mon aide. Tu devras utiliser ce talent si tu souhaites en savoir davantage. Maintenant, dis-moi : quel bien ssouhaites-tu rendre ?

— Je l'ai noté sur l'ardoise. Retrouve-la si tu es aussi puissant que tu le prétends !

L'aura bleutée qui entourait Chris depuis ma première rencontre avec lui s'intensifia, et l'ardoise sortit d'elle-même de mon armoire pour atterrir dans sa main décharnée et émaciée, comme attirée par sa lueur blafarde.
Il me lança un regard réprobateur avant de lire l'inscription sur l'ardoise, puis de conclure « Bien soit rendu ! »
La lueur s'intensifia tandis que Chris m'adressait un ultime con-

seil :

— Tâche surtout de garder espoir et de faire front, afin de ne pas nous faire échouer. Ne t'abandonne pas toi-même, ce sserait la pire et la dernière de tes erreurs.

Il disparut sur ces mots, me laissant troublé et collant de sueur sur mes draps bleu ciel.

La venue de Chris avait amélioré mes facultés mentales déclinantes l'espace de quelques instants, comme si mon discernement tenait un rôle primordial dans le « jeu » de Chris.

Il s'était montré bien plus loquace que les fois précédentes. Il existait donc un lien mystique entre nous. Je m'interrogeai sur mon intérêt à participer à son entreprise et le bénéfice qu'il en tirait, lui qui avait déjà rejoint les ombres.

Étais-je voué à souffrir mon existence durant pour faire le bien autour de moi ? Était-ce ça que Chris appelait « agir pour le bien des autres » ? Étais-je devenu une sorte de Christ qui avait pour fonction de racheter les fautes de ses semblables par une souffrance éternelle ?

Mon visiteur nocturne soulevait toujours plus de questions, même lorsqu'il consentait à me fournir des réponses. Cela allait-il finir un jour ? Et surtout, quand ?

CHAPITRE 12

Nous étions le 25 avril. Mon état s'était légèrement amélioré, mais ça ne voulait pas dire pour autant que j'allais bien. Au moins, une personne ici allait pour le mieux, c'était Coralie. Elle arborait un sourire que je ne lui avais jamais vu, rayonnant presque d'une aura plus claire et vive que celle de Chris. Elle avait dû trouver chez elle un sac d'argent semblable à celui qu'il avait déposé dans le bureau du CE de l'usine de Valenciennes. Je ne savais pas si donner un sac d'or à chaque personne pouvait conduire à rendre les gens heureux, mais ça y contribuait fortement. Il est des gens pour qui gagner plein d'argent n'est pas vraiment la priorité. Ceux-là constituent une faible minorité de nos jours, mais je suis fier d'en faire partie. Qu'en ferais-je, cloîtré dans cette chambre beige, à attendre que la Faucheuse soit le dernier de mes visiteurs ?

En terme de visites, celle de ce jour-là avait rempli mon cœur de joie, une joie qui m'était devenue presque inaccessible ces derniers temps. Ma chérie était de retour, et elle avait de grandes nouvelles à m'annoncer, à voir l'éclat qui habitait ses yeux.

Elle me serra dans ses bras dès son arrivée, pas vraiment troublée par mon état physique. Cela faisait un moment que les visites de Chris m'étaient bénéfiques. Était-ce cette aura si étrange qui diffusait des ondes curatives, ou simplement la satisfaction de rendre les gens heureux à ********++défaut de l'être moi-même ? Sûrement un peu des deux. Me tenant par le petit doigt, et après s'être informée de ma santé, elle se lança.

— J'ai été acceptée à Troyes et à Metz ! C'est génial, j'hésite encore car Troyes est un peu mieux cotée, mais Metz nous permettrait de rester plus proches l'un de l'autre. Qu'est-ce que t'en dis ?

— C'est à toi de voir Bébé. Prends ce qui te semble le mieux, de toute façon on continuera à se voir, non ?

— Mais bien sûr gros malin ! Depuis le temps qu'on se connaît ! *Alban, toujours Mélissa tu aimeras...*

En lui répondant «*Mélissa, avec Alban, tendrement...*», je ne pus aller au bout et fondis en larmes. Les lésions cérébrales avaient l'air de me rendre plus émotif. Cela voulait-il dire qu'un cerveau bien portant se devait d'être insensible ? Chez certains, probablement... Ma chérie m'embrassa pour me consoler, ce qui se révéla très efficace.

  — Il y a autre chose dont je voulais te parler.
Par réflexe, je ravalai ma salive, appréhendant la suite.

  — Sur la route, près de Reims, j'ai crevé un pneu. Heureusement, maintenant au permis ils nous apprennent à changer une roue. J'ai donc appliqué leur méthode, et j'ai fait une découverte. Tiens. Je l'ai trouvé dans le sous-coffre, près de la roue de secours.
Elle me tendit un petit livre relié et usagé. Il paraissait abandonné depuis longtemps, comme s'il avait attendu tout ce temps d'être découvert. Mélissa l'avait soigneusement nettoyé, le laisser en l'état aurait pu s'avérer très dangereux, au vu de la faiblesse de mon corps.
Je l'ouvris avec précaution, et lus en en-tête de la première page *Je m'appelle Chris, c'est le nom de mon père, et de son père avant lui.* D'intenses frissons me parcoururent l'échine à la lecture de ces quelques mots. Ils étaient semblables à ceux ressentis lors de ma rencontre avec lui.

  — C'est... C'est comme ça que Chris s'est présenté à moi lors de sa première visite... Comment le sais-tu ? Il...

  — Non, il n'est pas venu me voir, mais regarde à la dernière page.

  —Chris Suriano ! C'est vraiment lui, alors ? Que faisait-il dans ta voiture ?
J'avais renoncé à dissimuler mon avidité.

  — J'ai appelé le garage où je l'ai achetée, je les ai tannés pour savoir d'où venait la voiture. J'ai découvert que la personne qui me l'a vendue l'avait elle-même achetée à un certain Chris Suriano. Il se l'était payée quand il avait obtenu son concours d'infirmier, mais il n'avait plus eu les moyens d'assurer les traites. Je l'ai rappelé, et il m'a confirmé qu'il n'avait jamais eu de roue à changer, qu'il n'avait même jamais enlevé la roue de secours. Ce journal est donc parvenu directement de Chris jusqu'à nous ! Tu te rends compte !

    — Je ne sais pas quoi dire, c'est… C'est forcément lui car j'ai l'impression de sentir son aura émaner de ce livre…

    — J'en ai lu le début, puis je me suis dit que c'était surtout toi que ça concernait, alors je te le laisse.

Ma joie de la revoir fut vite chassée par une curiosité dévorante. Les réponses à mes questions, ou du moins une partie, se trouvaient dans mes mains. Mélissa le comprit vite et rentra se reposer après ces dures journées d'entretiens.

Je me retrouvai seul face à la vie de Chris. Mes facultés mentales paraissaient revenir, et je me jetai littéralement dans cette vie qui n'était pas la mienne, mais dont je voulais tout savoir. Au début, je ne trouvais rien de notable, me disant que lui non plus n'avait pas eu de chance avec son père. Je sautai quelques passages inintéressants, pour arriver à des chapitres autrement plus instructifs.

Vendredi 7 décembre 2001

Mauvaise, très mauvaise journée. Je me retrouve là où mes conneries devaient fatalement me conduire. Je me suis fait choper par mon prof de chimie. Il se doutait de quelque chose depuis un certain temps, car des produits disparaissaient régulièrement de ses étagères. Il m'a surpris alors que je récupérais deux bouteilles d'acétone. Il m'a demandé ce que je comptais en faire, et que si je lui disais tout, l'affaire ne serait pas communiquée aux flics, qu'il n'y aurait qu'une sanction interne. Plutôt que de lui faire un long discours, je l'emmenai donc à la maison pour lui montrer mon labo secret. Il y trouva des litres d'acétone et d'eau oxygénée, ainsi que du chlorate de soude en masse. Pas besoin d'être prof de chimie pour savoir que ce désherbant est le composant de base de nombreux explosifs artisanaux. C'est ce qu'avaient utilisé les islamistes lors de la vague d'attentats de l'été 1995. Lors de celui du métro Saint-Michel, on avait dénombré huit morts et une centaine de

blessés. J'espère seulement que je ne vais pas être considéré comme un terroriste. S'ils savaient que je ne comptais me servir de ça que pour rendre justice, ils… Non, en fait ils ne pourraient pas comprendre.
Ne reste maintenant qu'à attendre la sanction qu'ils me réservent…
Elle doit tomber mercredi.

Mercredi 12 décembre 2001

Que dire ? Je suis viré de la fac. Pour vol caractérisé de produits chimiques dangereux dans l'enceinte de l'université. Mes études de chimie s'arrêtent donc là, en maîtrise, alors que j'aurais pu devenir laborantin l'année prochaine. Comment dire ça à mes parents ? Eux aussi, s'ils savaient… Me soutiendraient-ils ? Je les connais, et je n'en suis pas sûr.

Vendredi 15 décembre 2001

La lettre de renvoi de l'université est arrivée à la maison aujourd'hui, mais j'avais déjà mis au courant mes parents. Ma mère pensait qu'elle avait engendré un monstre, mais j'ai essayé de la rassurer. Mon père était dépité, il m'a juste rappelé qu'avec ce qu'avait déjà eu à supporter notre famille, elle n'avait certainement pas besoin de ça. Il avait raison, j'ai voulu lui raconter ce que je comptais en faire, mais j'ai laissé tomber car ce n'était pas le moment. Ils ont parlé de déménager.

Lundi 18 décembre 2001

C'est décidé, nous irons vivre à Nantes dès le 2 janvier. Nous nous rapprocherons ainsi de mon oncle François, le frère de mon père. Ils vont essayer de nous trouver un petit logement là-bas, modeste forcément car on ne peut pas dire qu'on roule sur l'or. Je vais quitter ma région, laissant toute mon enfance derrière moi. Ce n'est pas simple d'abandonner ses racines. Mais je sais que j'y retournerai un jour, avec ou sans eux. Ne serait-ce que parce que j'ai un compte à régler, et que cette histoire trouvera un jour sa conclusion, quoi que ça me coûte.

Mardi 2 janvier 2002

Ce n'est pas qu'une nouvelle année qui commence, mais bien une nouvelle vie. C'est marrant que ça tombe pile au moment où on change de monnaie. Je me suis décidé à passer des concours d'infirmier. J'en ai envie depuis que je suis gamin. Heureusement, ma faute n'apparaît pas sur mon casier judiciaire. Et puis, dans un sens, ça reste de la chimie. J'aspire à bien autre chose maintenant, et j'espère vivement que cette deuxième vie sera bien meilleure que la première. Je fais partie de ceux à qui on a accordé le privilège d'une seconde chance, alors…

Mercredi 24 janvier 2002

Ma préparation du concours se passe plutôt bien. Je me suis bien intégré ici, on a déjà formé un groupe de travail avec quelques autres étudiants. Parmi eux Émilie, une jolie petite brune qui me plaît beaucoup. Elle pourrait être une pièce maîtresse de ma nouvelle vie. Faudrait que je lui demande ce qu'elle en pense.

Lundi 13 février 2002

Cette année, la Saint Valentin est tombée en avance. On est sortis au ciné avec Émilie, et on s'est embrassés quand je l'ai ramenée chez elle. Je suis le plus heureux des hommes. Ne reste que cette tâche grise dans mon esprit. Un jour, je ferai le nécessaire pour l'éliminer.

Mardi 13 mars 2002

Aujourd'hui, j'ai ressenti une sensation bizarre. Comme si on était l'anniversaire d'un événement tragique. Même Émilie n'a pas réussi à dissiper ma mélancolie. Est-ce le stress du concours qui approche à grands pas ? Il faut qu'on continue de réviser à ce rythme tous les deux, et on est sûrs de passer. Ce serait énorme de l'avoir ensemble. On pourrait trouver un boulot sur Nancy, elle et moi. On s'installerait ensemble, on…. Faut pas que je m'enflamme autant, mais c'est si bon d'être heureux après avoir connu tant de galères.

Mercredi 19 mars 2002

Les épreuves sont finies, on a fêté ça avec les copains, je suis rentré défoncé comme un terrain de manœuvre. Je n'aurais pas dû boire autant. Sinon j'ai fait une découverte ce soir : en rangeant des affaires dans l'armoire de mes parents, j'ai vu un flingue. Je ne savais pas que mon père était armé. Cela date-t-il de Nancy ?

Jeudi 27 mars 2002

Mon père a été emmené à l'hôpital ce soir, il a fait une chute dans la salle de bains. Malgré les équipements indispensables pour les gens à mobilité réduite comme lui, il a glissé et s'est cassé deux côtes. Il va être immobilisé sur son fauteuil pendant un mois, ont dit les docteurs. Ça ne le changera pas vraiment, c'est son quotidien depuis ce foutu accident.

Vendredi 28 mars 2002

Les bonnes nouvelles succèdent aux mauvaises, c'est mieux dans cet ordre. Je suis reçu à mon concours d'infirmier et Émilie aussi. Ce soir, on est sortis pour fêter ça, mais seulement tous les deux. Parmi les autres, certains étaient recalés, on a donc choisi de faire un petit resto. Demain, j'irai voir un garage pour acheter cette Skoda Fabia dont je rêve depuis des mois.
Elle m'a avoué son désir de changer de région. J'ai sauté sur l'occasion pour lui demander de nous installer vers Nancy. Elle m'a dit que ça lui plairait, mais qu'il faudrait voir. Ma deuxième vie est infiniment meilleure.

CHAPITRE 13

La vie de Chris m'intriguait. Elle semblait normale et épanouie, il avait connu une catastrophe: un accident de travail qui avait rendu son père handicapé. Cela bouleverse une vie, mais il semblait très attaché à ses parents et à sa copine. Je ne vois pas ce qui aurait pu le conduire au suicide. Deux éléments ont particulièrement retenu mon attention: il y avait alors déjà quelque chose de mystique chez lui, car il a d'une certaine manière ressenti sa mort à venir, un an avant. Mais c'est surtout cette tâche dans son esprit, comme il la nomme lui-même. Qu'entend-t-il par là ? Avait-il aussi un œdème au cerveau ? Je pense qu'il en parlerait autrement. Mais dans un sens cela nous relie : nous avons tous deux un parasite dans le crâne. J'aimerais connaître la nature du sien, ainsi que son origine.

J'avais sélectionné les extraits qui m'intéressaient, car de nombreux passages étaient dispensables. Par exemple, ceux dans lesquels il racontait sa formation professionnelle, Ou encore, quand ils s'installaient ensemble sur Nancy, et étaient embauchés tous deux à Brabois, l'hôpital dans lequel j'habitais depuis des mois.

Lundi 15 septembre 2002

Pour Émilie et moi, c'est la première journée de boulot aujourd'hui. C'est plus facile de commencer tous les deux, au moins on ne plonge pas dans l'inconnu. Les collègues ont l'air sympa, et l'ambiance générale est assez bonne. Je n'aurais jamais cru pouvoir être aussi heureux dans ma nouvelle vie. Mes parents veulent revenir sur Nancy. Mon père n'est pas au mieux, il dit que c'est l'air marin qui ne lui réussit pas. Eux aussi reviennent donc aux racines.

Lundi 29 septembre 2002

J'estime avoir de bonnes capacités d'adaptation. L'équipe me plaît, les collègues sont agréables. Émilie a un peu plus de mal, certaines des infirmières qui travaillent avec elles ont l'air d'avoir fait hypocrisie en première langue. Beaucoup se tirent donc dans les pattes dans son service. De toute façon, avec son caractère, je lui fais confiance pour ce qui est de les remettre à leur place si la situation l'exige. Mes parents reviennent sur Nancy courant octobre, normalement autour du quinze, le temps que mon père se remette pleinement de son énième mauvaise chute. Dès que je connaîtrai la date exacte, je poserai deux jours pour les aider à déménager. On va donc essayer de reprendre une vie à peu près normale.

Vendredi 17 octobre 2002

Ça y est, mes parents sont installés à Nancy. Ils ont un petit appartement au premier étage, dans le quartier du Haut du Lièvre, dans ces grandes barres HLM près de Maxéville. L'état de mon père s'améliore, mais il a toujours du mal à se bouger. Ce foutu accident de travail se rappellera à lui durant toute sa vie. Et dire que c'était juste pour nous aider qu'il avait accepté ce petit boulot au noir. J'ai l'impression que dans ce monde la justice est bien absente, ou se plaît à faire dans la cruauté. Mais elle est en marche, j'ai déjà programmé un plan. Pour le mener à bien, j'ai été prévoyant. Avant de partir à Nantes, j'avais entreposé le matériel nécessaire dans un terrain vague de Malzéville, et j'ai été vérifier, il s'y trouve toujours. Pour l'instant, je ne peux pas le garder, ce serait trop dangereux pour moi. Mais, quand j'aurai jugé le moment venu, je saurai en faire bon usage.

Dimanche 9 novembre 2002

Les parents d'Émilie ont fait le voyage jusqu'à Nancy pour fêter l'anniversaire de leur fille chez mes parents. Le repas a été un excellent moment, nos parents s'entendent bien et cette journée restera comme l'un des souvenirs les plus heureux de mon existence. J'ai l'impression que tout cela est trop beau pour durer...

Samedi 6 décembre 2002

Aujourd'hui j'ai déterré un coffre. Il contient l'instrument de ma vengeance, l'élément qui rééquilibrera la situation. Ma vie sera alors pleinement épanouie, pas avant.

Mercredi 17 décembre 2002

Je ne travaillais pas aujourd'hui. J'ai donc pu tout mettre en place. Pour me motiver, je me suis répété ce qui a si longuement obnubilé mon esprit depuis cet accident. Louis, je vais me venger.
Mon père est tombé d'un toit en travaillant pour vous. Vous l'aviez pris au noir, il n'avait donc aucune protection sociale. Vu qu'il avait déjà accepté cet ouvrage de charpenterie pendant ses vacances afin de faire vivre un peu mieux sa famille, nous n'avions pas un sou pour le soigner, car tout n'est pas remboursé. Il a perdu son travail et est devenu handicapé et dépendant.
Louis, je vais me venger.
A cause de vous, ma famille souffre, et mon père est presque incapable de se déplacer seul, car ce sont ses lombaires qui ont amorti sa chute. Plus rien n'a été comme avant, nous sommes condamnés à vivre dans le dénuement et la détresse permanente. Mes parents ont bien fait de revenir sur Nancy, j'espère que du bas de leur tour du Haudul, ils assisteront à votre sanction. Même si ça ne fera pas remarcher mon père, ce sera au moins un soulagement pour moi.

Jeudi 18 décembre 2002

Hier, je me suis tant laissé emporter par ma rage que je n'en ai plus dormi. J'ai même oublié de décrire ma petite manipulation.
A l'époque où je dévalisais les labos de la fac de chimie, j'avais constitué une petite réserve, dans l'unique but de mettre un terme à tout ça. M'attendaient dans ce coffre quelques litres d'acétone et d'eau oxygénée, ainsi que plusieurs kilos de chlorate de soude. J'ai pris un colis postal, que j'ai bourré soigneusement d'un lourd mélange de mes trois composants. J'ai ajouté un système de détonateur programmable,

54

permettant de faire exploser le mélange à l'heure voulue. Mon colis prêt, je me suis assuré de sa solidité et de son étanchéité. J'ai appelé ensuite Marco, mon pote des postes, pour lui donner rendez-vous. Il s'occupait de charger les voitures de poste avec les colis triés au préalable. En lui remettant mon paquet, je me suis assuré que ma bombe ne serait ni détectée ni interceptée avant de parvenir à son destinataire. Marco m'a fourni également un étiquetage conforme à mon colis: tampon, adresse précise, mention « fragile ». La justice est pour bientôt.

Lundi 22 décembre 2002

J'ai choisi aujourd'hui pour envoyer mon colis piégé. Mon plan est maintenant en marche. Ce n'est plus qu'une question de jours avant de pouvoir savourer ma victoire finale. Mes études de chimie auront au moins servi à ça.

CHAPITRE 14

Cette nuit-là, mon corps parut évoluer contre ma volonté. Et naturellement, dans le mauvais sens. C'est-ce que les médecins appellent une rechute. La maladie me laissait tranquille depuis quelques jours, mais elle est revenue à l'assaut lâchement, pendant mon sommeil. Ça doit être pour ça que l'on parle de « tumeurs malignes ».

Au réveil, je me sentais être un autre tant cet état contrastait avec ma bonne santé relative de la veille. Ma tête et mon bas-ventre jouaient à celui qui me ferait le plus souffrir. J'avais perdu mon moral en même temps que mes cheveux. Ma mémoire me faisait parfois défaut, et j'étais persuadé d'avoir ressenti une violente colère la nuit précédente, mais j'étais incapable de me rappeler pourquoi.

Ma mère passa me voir, puis Mélissa. Toutes deux furent très choquées de me voir dans cet état. Leurs paroles réconfortantes ne suffirent pas à me faire décrocher un simple sourire. J'étais devenu incapable de penser à Chris, même si mon esprit ne cessait de me rappeler que le sujet était d'une gravité extrême.

La nuit vint, et lui avec elle. Plongé dans un état de quasi-démence, je me ressaisis en le voyant apparaître dans ma chambre.

— Bonsoir, Alban. Comment te ssens-tu ? demanda-t-il de sa voix sifflante.

— Bonsoir. Pas très bien, comme tu peux le voir.

— Oui, il faut que tu tiennes le coup. Tant de gens ont besssoin de toi.

— Et moi, je n'ai besoin de personne, peut-être ? Combien de temps vais-je encore devoir offrir aux autres ce qui m'est inaccessible ?

— Ne raisonne pas ainssi, dis-toi plutôt que beaucoup

d'autres aimeraient avoir ton don.

— Ah oui ? Et combien accepteraient la maladie qui va avec ? Connais-tu une personne à qui tu souhaites ce qui m'arrive ? Réponds, Chris ! Pas à Émilie, en tout cas !

A ce moment, les bruits étranges et écœurants qui émanaient parfois de Chris, ces espèces de gargouillements sinistres, se firent plus réguliers et sonores qu'avant. On avait l'impression que mon visiteur était secoué de spasmes, qu'il allait vomir ses propres entrailles. Ces contractions mauvaises le pliaient en deux, comme s'il avait reçu une balle dans le ventre. Manifestement, je l'avais pris par surprise, pour la première fois.

— Pourquoi prononces-tu sse nom ? Qui t'a parlé d'elle ?

— Disons que tu n'es pas le seul à être bien informé sur les autres.

— Où as-tu entendu parler d'elle ?

Sa voix tonnait dans la chambre. Jamais je ne l'avais vu comme ça. Une infirmière viendrait vite mettre fin aux débats.

— J'ai demandé à quelqu'un de faire une petite recherche sur toi, c'est tout. Je ne sais rien de plus que son nom.

— Arrête de fourrer ton nez où il ne faut pas ! Cela ne te mènera à rien, ausssi occupe-toi de toi seul, cela t'évitera de mettre en péril notre mission !

Il parut lutter pour retrouver son calme. Il y parvint lorsque les chuintements horribles cessèrent.

— Chris, excuse-moi, je… Je ne vais pas très bien et…

— Je passe l'éponge, mais ne t'avise pas d'aller plus loin. Tu disposes de peu d'énergie actuellement, tu dois donc l'employer judicieusement, en faisant preuve de sagesse. Quel bien ssouhaites-tu rendre ?

— Tout à l'heure, aux informations, ils ont parlé d'une coulée de boue massive au Bangladesh, qui allait frapper des milliers d'habitations fragiles. Je voudrais que ce désastre soit dévié, afin d'épargner toutes ces vies.

— Je n'en reviens pas de ton aptitude à faire preuve de bêtise, puis d'une profonde sagesse la minute suivante… Bien ssoit rendu !

Chris disparut quasi-instantanément, non sans m'avoir répété d'agir sagement et de m'occuper de préserver ma vie plutôt que piller la sienne. Il paraissait encore en colère lorsqu'il me quitta. J'arrivais désormais à percevoir ses émotions. Ce n'était pas forcément une bonne nouvelle.

Mon état au réveil m'inquiéta car je ne ressentais pas l'amélioration qui suivait chaque visite de Chris. J'avais toujours aussi mal au crâne et des douleurs diverses et aiguës me parcouraient le corps sans que je ne puisse les localiser précisément. Mes facultés mentales avaient été stimulées par son journal, mais elles déclinaient à présent. Mes troubles de mémoire et d'orientation empiraient. Joëlle m'avait retrouvé sur les toilettes, incapable de me relever.

Dans l'après-midi, je m'étais comme réveillé debout dans la chambre de Monsieur Léon. Il essayait de me parler, c'est sans doute ça qui m'a fait revenir à moi. Comment parler d'amour-propre quand même un vieillard sénile vous regarde comme une bête de foire ? Pourquoi la maladie avait fait son retour si brusquement cette nuit ? Qu'avais-je fait de travers pour mériter une telle vie ?
Mon moral était au plus bas à cause de cette rechute, mais il me restait une carte à jouer, mon meilleur atout. La prochaine fois, je demanderais à Chris de me guérir. Là au moins, je serais définitivement apaisé, et je pourrais agir pour les autres avec davantage de lucidité. Tout le monde serait gagnant. C'était décidé, j'avais déjà pensé à lui demander de l'aide, cette fois-ci, je le ferais vraiment. Je risquais de souffrir cette semaine, mais la rédemption était au bout du tunnel.

Le lendemain, je reçus une visite inattendue. Mon esprit était assailli de mille pensées malsaines, sans doute la progression de l'œdème. J'avais parfois l'impression que mon crâne allait exploser sous la pression de ce corps étranger qui me donnait la sensation de devenir étranger à mon propre corps. Celui-ci devenait un cachot organique dont seul Chris détenait la clé.

Un jeune homme se présenta dans ma chambre, tenant un petit bouquet de fleurs dans la main. Il paraissait avoir mon âge, mais lui ne faisait pas trente ans de plus. Je ne fis tout d'abord pas attention à son visage, car sa silhouette me rappelait celle de Chris. Avait-il repris forme humaine pour me rendre visite la journée ? Je chassai cette idée, car une étude plus poussée de ce visage me fit l'effet d'un choc. J'entendis alors

— Bonjour, c'est Yoann. Tu te souviens de moi ? On m'a dit que tu n'étais pas bien, alors je suis passé te voir...

Le visage que je croyais avoir reconnu s'emboîta avec ce son de voix si familier à mon esprit malade, et une sensation de haine meurtrière m'envahit soudain. Cette violence longtemps contenue était sur le point de s'abattre.

Cette voix, je ne la connaissais que trop. Je l'avais entendue bien des fois dans ma tête prononcer toujours ces mêmes paroles, les mêmes que ce jour-là « *Bien joué, mec. Je te félicite. On se donne rendez-vous l'année prochaine, pour la revanche ?* » C'était cette voix que j'avais entendue lorsque j'avais perdu la finale des championnats de France de tir à l'arc. Cette voix était celle de mon bourreau, celui qui m'avait proposé une revanche que le destin m'avait empêché de jouer. Mon sang ne fit alors qu'un tour, et je me redressai soudainement sur mon lit, manquant de tomber à terre.

— Espèce d'enculé ! Pourquoi est-ce que tu reviens me provoquer encore ici aujourd'hui ? Ça ne t'a pas suffi de m'avoir battu en finale, maintenant il faut que tu viennes me rappeler ma défaite face à toi, alors que je me bats pour ne pas perdre contre cette putain de maladie ? Tu peux aller te pendre, je veux plus jamais voir ta sale gueule de connard ! Dégage immédiatement d'ici, avant que je n'utilise les dernières forces qui me restent pour te saigner ! Comme ça, j'aurais au moins la satisfaction de te voir crever avant moi ! Je n'ai pas besoin de la pitié des autres, je préfère pourrir ici que d'accepter ta compassion. Si j'avais gagné ce match, c'est peut-être toi qui serais à ma place, alors estime-toi heureux que le destin t'ait choisi ! Tu ne connais pas ta chance alors dégage de ma vue, enculé de merde !

Joëlle, alertée par mes vociférations, se précipita dans la chambre tandis que je finissais d'abreuver copieusement ce Yoann d'insultes et de menaces. Joëlle comprit rapidement la situation, et fit vite sortir ce connard de la chambre. Elle s'employa ensuite à me calmer, car mon corps était agité de violents spasmes semblables à ceux qui avaient secoué Chris deux nuits auparavant. Je suais abondamment et avais une irrésistible envie de hurler. On aurait pu croire que ce Yoann m'avait promis les pires tortures, à moi et ma famille, pour obtenir une telle réaction. Pourtant, son geste était amical, mais mon esprit était alors trop fiévreux pour faire face à celui qui incarnait l'un des pires cauchemars de ma vie.

Cet épisode eut au moins le mérite de me fatiguer, ce qui me permit de dormir à peu près correctement durant une bonne partie de l'après-midi. Joëlle, avant de partir, revint me voir. Mes paroles ne furent pas toujours cohérentes, et je pus percevoir une inquiétude lourde de sens dans son regard quasi-maternel. Cet entretien me fit toutefois du bien, car j'avais réalisé que faire sortir cette rancœur m'avait enlevé un certain poids. Mais la nuit qui s'annonçait allait être longue et douloureuse, j'allais payer le sursis de l'après-midi. Pourquoi la moindre once de réconfort était immédiatement suivie d'une nouvelle complication ? Après tout, lorsqu'on reçoit une rose, on prend également les épines qui vont avec.

CHAPITRE 15

Le lendemain, ou peut-être deux jours après, je reçus la visite de Mélissa, ma mère et même mon frère Maxime. Si j'avais été mentalement plus en forme à ce moment-là, je me serais dit que les voir ensemble avec un air aussi soucieux ne présageait rien de bon. Je m'en fichais, car le mardi suivant marquerait la fin du calvaire. Chris allait m'offrir la rédemption, pour une fois j'agirais pour moi. Mais cela allait apporter de la joie à tant de monde, et pas seulement à moi, ce serait donc également agir pour les autres. Les minutes, les heures puis les jours passèrent, autant de temps que j'aurais passé prostré sur mon lit, à attendre ma libération. « *Sauver le corps et l'âme, les deux ssont complémentaires* », m'avait dit Chris. J'avais désormais besoin des deux, et au plus vite, car la situation était critique. Par moments je ne sentais même plus mon corps, avec les désagréments que cela impliquait. Les infirmières avaient changé mes draps trois fois en une journée, m'enlevant ainsi le peu d'amour-propre qui me restait.

Je ressentis un éclair de lucidité un matin en me réveillant. Les spécialistes vous diront que les personnes atteintes de maladies cérébrales ont parfois des périodes de vivacité d'esprit, qui repartent aussi vite qu'elles sont arrivées. C'est-ce qui m'arriva ce jour-là, et je n'avais dès lors qu'une priorité. Je me mis à chercher le journal de Chris partout dans la chambre, pourtant peu vaste. Je le trouvai finalement derrière une pile de fringues dans mon armoire, sans savoir comment il avait pu atterrir là. Négligeant le petit déjeuner, je me plongeai avidement dans la lecture de mon livre de chevet ; et il me tardait de connaître la suite. J'avais le pressentiment que ce passage serait lourd de sens.

Mercredi 23 décembre 2002

Perché sur ma colline d'où je souhaitais admirer le spectacle et savourer ma vengeance, j'ai vite compris que quelque chose n'allait pas. Étant assez loin, je n'ai pas pu suivre le cheminement de la voiture des PTT dans la rue de Metz. L'explosion n'a pas eu lieu à l'endroit voulu, mais bien avant. L'épais panache de fumée noire ne présageait également rien de bon, car il ne correspondait pas à ce que j'attendais. La bombe était réglée pour faire exploser la maison de Louis Rocher, une fois le colis livré. Mais la livraison a dû prendre du retard, et le colis a explosé dans la voiture jaune. Je me suis tout de suite demandé si j'avais fait une victime. Les infos du soir répondirent vite à ma question: le facteur qui conduisait la voiture a été tué sur le coup. Il s'appelait…

…François Meurisse. Comment avais-je pu oublier que cette colère que j'avais ressentie à ma dernière lecture venait de là ? Chris avait des parents qui l'aimaient, une copine qu'il aimait également, un bon boulot, il avait bien réussi sa deuxième vie, saisi la chance qui s'était offerte à lui. Mais son idée fixe, celle de rendre justice, l'avait conduit à commettre un crime, l'injustice suprême : le meurtre d'un innocent. Mon père. Notre prochaine rencontre risquait d'être explosive, mais serait également paradoxale. J'allais avoir face à moi une personne à qui j'allais demander de me sauver la vie, mais qui avait fauché celle de mon père. Que faire ?
Est-ce que mon état était pire ou meilleur depuis que j'avais appris cela ? Je dirais meilleur car je disposais maintenant en permanence d'une certaine lucidité issue de cette obsession, mais je dirais aussi pire car cette pensée me déchirait le cœur. Mon esprit allait-il rester à peu près sain jusqu'à la prochaine visite de Chris ? Il le fallait, il le fallait, il le fallait.

Devrais-je lui demander de me soigner ou lui parler d'abord de mon père ? Je n'en savais rien. Je me dis que j'improviserais le moment venu, mais ce dilemme ne cessait de me harceler.

Les heures qui me séparaient de ma prochaine rencontre avec Chris furent autant d'aiguilles qui pénétraient ma chair meurtrie.

Je souffrais à mourir, mais la rédemption était proche. Il sauverait mon âme et mon corps. Il… il avait tué mon père…

Il serait mon sauveur… J'avais tant agi pour les autres… Lui et eux me devaient bien ça…

Ce fils de pute avait tué mon père pour assouvir une vengeance… Mon père était innocent… J'allais le tuer à nouveau… Puis le tuer une troisième fois… Je voulais qu'il souffre mille morts…

Chris devait m'aider… Me guérir… Mais c'était un assassin… Comment pourrait-il ? Comment pourrais-je ?

Ma lucidité relative paraissait encore vivace… Mais j'étais tant partagé sur ce que je pensais de Chris… J'avais l'impression de devenir fou, ou schizophrène… Ou bien les trois… Suis-je plusieurs? Suis-je seulement vivant?

CHAPITRE 16

L'heure était enfin venue. J'ouvris un œil. J'aperçus une faible lueur bleutée envahir la chambre numéro seize. Chris et sa voix sépulcrale étaient là.

— Bonssoir, Alban. Comment vas-tu ? Tu m'as l'air en moins bonne forme que la dernière fois.

— Bonsoir. Non, ça ne va pas.

— Tu as l'air fatigué.

— Oui, j'ai beaucoup lu ces derniers temps. Un livre très instructif.

— De quoi ss'agit-il ? demanda-t-il d'un ton neutre.

— C'est l'histoire d'un infirmier qui a été renvoyé de sa fac de chimie.

— A quoi joues-tu ?

— Tu m'as dit de faire preuve de sagesse, Chris. Est-ce faire preuve de sagesse que de voler des produits pour fabriquer des explosifs ?

— Mais enfin, de quoi parles-tu ? dit-il d'une voix piquée d'inquiétude.

— Tu as tué mon père, Chris ! hurlai-je. Arrête de faire l'innocent !

Cette réplique ne fit venir aucune infirmière, comme si ma chambre s'était soudainement soustraite à l'hôpital, à cet espace-temps.

J'avais donc choisi de lui parler de mon père avant de lui demander la guérison. C'était un choix risqué. Mais je ne pouvais plus faire marche arrière. Le retour de ses convulsions me montrait que j'avais frappé un grand coup d'entrée.

— Comment as-tu appris ssela ? m'interrogea-t-il avec un regard paniqué. Quel est ce livre dont tu parles ?

— C'est ton journal, Chris. Trouvé dans une Skoda Fabia.

— Je l'avais vendue peu après cette histoire. Presque neuve.

J'ai eu après cela une période où j'ai beaucoup bu et je ne me rappelle plus de tout ce que j'ai pu faire alors. Comment... ?

— C'est un pur hasard, ou peut-être pas. Mélissa a racheté cette voiture, et elle a dû changer une roue. Pas très malin comme cachette, je m'attendais à mieux venant de toi.

— Pourquoi dis-tu ça ? Tu...

Chris peinait à trouver ses mots. Pour la première fois, j'étais en position de supériorité par rapport à lui. Il avait le souffle court, était courbé sous la douleur causée par les convulsions qui agitaient son cœur. En avait-il vraiment un, pour faire ce qu'il a fait ?

— Chris, pourquoi as-tu fait ça ? Je veux des réponses. Ce soir, c'est moi qui pose les questions, déclarai-je avec assurance.

— Tu dois le ssavoir si tu as lu mon journal. C'est Louis Rocher... Il a causé le handicap de mon père... Cette chute lors d'un travail au noir... Il est immensément riche... Il nous a laissé crever... Comme des chiens...

— Que voulais-tu, au juste ? Faire exploser sa maison pour le tuer ou seulement détruire ce qu'il possédait comme il avait fait avec toi ?

— Mon but était de... de détruire sa maison... Je ne voulais pas le tuer, ça aurait été me rabaisser à sson niveau... j'avais tout réglé : le jour de livraison... l'heure du détonateur programmé... Lui n'était pas dans sa maison... il était allé passer Noël chez son frère, près de Valenciennes. Cela n'aurait pas été juste de s'attaquer à sa famille...

— Pourtant, tu as brisé la mienne ! dis-je, hors de moi. Toi qui rêves tant de justice, tu as voulu l'appliquer et un innocent a perdu la vie par ta faute ! Est-ce là ta conception de la morale ?

— Non, bien sûr, mais crois-moi, cet accident a brisé ma vie autant que la tienne...Je n'ai pas été inquiété, on n'est jamais remonté jusqu'à moi. C'était la période de Noël... La voiture de poste était pleine de colis divers... Il n'en restait plus rien... Les flics n'ont jamais ssu pour le vol des produits... Aucun prof n'a fait le rapprochement, ils ne savaient pas que j'étais revenu dans le coin... Mais je suis devenu invivable, je croyais devenir fou... Émilie est partie... J'ai perdu mon boulot... Mes parents ont voulu m'interner... J'ai sombré....

— Tu as vécu une descente aux Enfers... Mais tu l'as provoquée, c'est entièrement ta faute... Moi j'y ai été plongé sans rien avoir demandé. Voilà la différence entre toi et moi. La « tâche grise » qui occupe ton esprit, tu l'y as plantée toi-même ! Moi, je n'y suis pour rien ! La mienne gagne du terrain et me ronge chaque jour un peu plus.

— Cela fait plus de cinq ans que le remords me dévore ! s'exclama-t-il dans un élan d'indignation. Ssais-tu ce que...
Un flot de sang se déversa de sous la veste de Chris, empourprant le sol immaculé de ma chambre. Le mien en fut glacé, mais après tout Chris était déjà mort. Cela parut toutefois lui causer une grande douleur. Ce n'était encore rien par rapport à ce qu'il m'avait fait endurer. Il allait devoir souffrir pour se racheter, si c'était encore possible.

— Est-ce le remords qui te fait saigner à ce point ? Cela ne suffira pas à m'apaiser ! dis-je avec un sourire goguenard.

— Tu ne comprends pas... Regarde... Depuis cinq ans, cette plaie ssaigne et me fait atrocement souffrir... C'est mon châtiment pour avoir causé tant de mal... Le calvaire que tu vis au quotidien est encore doux comparé à l'endroit d'où je viens... affirma-t-il d'une voix presque suppliante.

— Comment ça ? Explique-toi.

— J'ai fini par mettre un terme à tout ça... C'était le seul moyen de trouver enfin la paix. Du moins c'est-ce que je me disais alors. Je ne ssavais pas que le pire restait à venir.

Un nouveau flot de sang s'écoula de sa blessure. Il voulut éponger avec sa veste. Je pus alors voir l'origine de ses chuintements sinistres: l'emplacement de son cœur était sombre, et c'est de là que s'écoulait tout ce sang. Son cœur, apparaissant à l'air libre, semblait battre avec difficulté. Sa poitrine était béante à cet endroit, comme si on lui avait tiré une balle en plein cœur. Le sang, dans cette lueur bleutée, ressemblait à de la mélasse épaisse et très sombre. Je pus voir avec ce faible éclairage que la blessure qui mettait son cœur à nu avait même traversé son corps de part en part. Sa veste dissimulait jusque-là ce trou béant, mais plus maintenant qu'il ployait sous la douleur, posant même un genou à terre.

— Qu'est-ce qu'il t'arrive ? D'où te vient cette blessure ?

— C'est ce dont je parlais quand je te disais que j'avais dû en finir. J'avais découvert un Beretta dans la chambre de mes parents. Il a calmé mes douleurs, du moins pour un temps. Quand je suis passé de l'autre côté, j'ai été envoyé dans un endroit sale, humide et sinistre. Je ne me souviens pas de tout, mais il y avait un fleuve de ssang vermeil qui s'écoulait inlassablement le long de cette plaine sordide. Il nous était impossible de le traverser. Il y avait là d'autres âmes en peine qui cherchaient la rédemption. C'est une sorte d'antichambre de l'Enfer, on appelle également cet endroit les Limbes.

— Les Limbes ? C'est là où les âmes sont censées errer, quand elles ne sont promises ni aux Enfers ni au Paradis ?

— Exactement, j'y suis resté longtemps. Là-bas, la seule occupation possible est de ressasser inlassablement les fautes que l'on a commises. Là-bas vivent des créatures innommables, qui feraient perdre l'essprit au premier vivant qui les apercevrait. Nos fautes nous harcèlent, le remords nous ronge atrocement. Après cela, certains se voient offrir une chance de se racheter.

— Et pour ce faire, tu devais remplir la mission dont tu me parlais: agir pour les autres ?

— Oui, on m'a proposé de réparer ma faute avec ton aide. Pour cela, je dois venir connaître tes souhaits afin d'en faire bénéficier tes semblables. Ssauver le corps et l'esprit. Ton corps et mon esprit. Nous sommes indissociables, profondément liés. Voilà pourquoi ta sagesse jouait un rôle primordial.

— Tu veux dire que j'œuvre indirectement, depuis le début, pour sauver l'âme de celui qui a assassiné mon père ?

— C'est une façon de le préssenter, répondit-il d'une voix accablée. Mais la finalité est de faire le bien autour de nous.

— Mon bien pour conjurer ton mal ! crachai-je.

— N'as-tu pas remarqué que ton état s'améliore quand nous ssommes en contact ?

— Je trouve ça bien faible, pour quelqu'un qui a les pouvoirs dont tu disposes. Tu parles d'agir pour les autres, mais tu ne souhaites finalement qu'obtenir mon pardon pour le salut de ton âme ?

— Tu vois les chosses à ta manière, ce n'est pas vraiment cela.

— Oui, pour une fois, je vais voir les choses à ma manière, affirmai-je, sûr de ma victoire prochaine. C'est pourquoi, quand tu vas me demander quel bien je souhaite rendre, je vais te demander de me guérir une bonne fois pour toutes de ma maladie.

CHAPITRE 17

Cette phrase eut un effet terrible sur Chris. Elle déclencha un nouveau flot de sang qui le mit à genoux. Il peinait à ne pas s'écrouler, je le sentais défaillir. Je recouvrai mes moyens à mesure que les siens le quittaient.

— Tu ne peux pas demander ça…. C'est imposssible….

— Et pourquoi pas ? Ça fait presque deux ans que cette maladie me consume à petit feu. J'ai l'impression que mes forces m'abandonneront bientôt. Je n'ai pas voulu te le demander jusqu'ici, j'ai même failli le faire une fois avant de me raviser. Mais aujourd'hui, que je guérisse ! Bien ssoit rendu !

— C'est terminé ! hurla-t-il, les yeux révulsés. Tu vas nous faire échouer ! C'est inévitable maintenant ! Les conséquences vont être…

Son visage, déjà troublé de frayeur et de dépit, parut se modifier. Ses traits changèrent, comme si de fins serpents s'étaient mis à onduler sous sa peau. Ses pupilles devinrent de fines lames, ses cheveux disparurent pour laisser place à des écailles luisantes d'un éclat mauvais, tandis que sa bouche s'étirait pour ne laisser passer qu'une courte langue fourchue et sifflante. Il n'avait plus rien d'humain. Il faisait désormais partie des créatures infernales dont il avait parlé. Si, comme il l'avait dit, j'avais fait échouer sa mission, je venais de le condamner aux Enfers pour la fin des temps. Enfin une certaine justice.

— Tu n'as pas idée de sssssssssssssse que tu viens de provoquer… Tu sssssssssssssseras ressssssssssssponssssssssssssable toi ausssssssssssssssssssssssssi… Pourquoi n'as-tu pas agi avec sssss-sssssssssssagessssssssssssssssssssssssssssssssssse ?

— Ta première vie a été douloureuse, ta deuxième t'avait apporté le bonheur. Pourquoi as-tu tout gâché en cherchant à te venger ? Maintenant, regarde, ta troisième vie restera frappée du sceau du remords ! Et ce, à jamais, Chris. Chacun sa justice. La tienne provoque des morts, la mienne envoie les coupables à la damnation éternelle !

La blessure de Chris parut palpiter à nouveau, répandant des quantités d'un immonde sang noir sur le sol. Il perdait sa substance semi-vitale et n'émettait plus qu'un sifflement horrible. Alertée par mes cris, Vanessa tenta d'ouvrir la porte, mais celle-ci semblait scellée. Chris se liquéfiait maintenant, se mêlant littéralement à la mare de sang bouillonnant. Son visage se tordait de douleur, paraissant parfois reprendre un aspect presque humain et implorant. Cette fois-ci, il ne disparut pas, mais se répandit en une masse sombre, finissant par recouvrir la moitié de ma chambre. Chris n'était plus. Au-delà de la mort, son existence venait de prendre fin, son âme avait été avalée par le néant.

Vanessa parvint enfin à ouvrir la porte. Elle me trouva assis sur mon lit, en train de fixer la substance sombre et dégoulinante sur le sol. Elle suivit mon regard, puis m'interrogea:

— Qu'est-ce que tu regardes ? Ça va pas ? demanda-t-elle avec inquiétude.

— C'est le sol… balbutiai-je. Il…

— Bon, c'est vrai qu'il n'est pas très propre, il y a quelques miettes par terre, mais les agents de service viendront demain. Pour l'instant il faut dormir. Tu as dû encore faire un mauvais rêve. Mais tu as meilleure mine que ces derniers temps. On a l'impression que tu as couru un marathon, ou que tu t'es battu pendant des heures !

— Oui, je me suis battu longuement. Mais je crois que mon combat arrive à son terme… dis-je d'un ton neutre. J'espère.

— Allez, rendors-toi. Demain sera un autre jour.

— Oui, et peut-être une nouvelle vie…

Elle n'entendit pas cette dernière phrase, pas plus qu'elle n'avait vu les restes de Chris sur le sol.

Cet épisode avait été perturbant, et certaines visions resteraient gravées dans ma mémoire, si l'oedème le permettait.

En me réveillant, je me sentis transformé. Je fus presque emporté par la vivacité de mes mouvements. J'étais toujours maigre et chauve, mais j'avais l'impression qu'une flamme longtemps éteinte en moi brillait à nouveau. Cette sensation de grande joie me donna envie de crier, mais je m'aperçus que je n'étais pas seul dans la chambre. Une dame dormait en effet sur un lit près du mien. C'était la première fois depuis plus d'un an que je partageais ma chambre. M'avaient-ils déplacé durant la nuit ? La chambre n'était pas la même. Elle était plus grande, bleue et non beige. Je ne comprenais rien. Après être allé aux toilettes, ce qui me permit d'apprécier ma nouvelle mobilité, je sortis de la chambre. Je me trouvais dans l'aile ouest de l'hôpital, et plus dans l'aile est. Je pris l'ascenseur pour me rendre dehors et humer l'air frais. Personne ne parut prêter attention à ma santé retrouvée, comme si de tels miracles avaient lieu chaque jour dans cet hôpital.

Je passai deux heures à me balader dans le jardin, profitant pleinement du chant des oiseaux et du vent qui faisait doucement frissonner les arbres. Impossible de décrire la joie que je ressentais alors : ce moment aurait pu durer des semaines ou des années, je l'aurais toujours apprécié de la même manière. Je me sentais revivre. Sauf que là l'expression n'était pas imagée. J'étais Lazare, celui à qui on a offert la résurrection.

Tout occupé à reprendre goût à la vie, j'aperçus Mélissa entrer par la porte principale. Je courus à sa rencontre. Elle fut la première à être surprise de ma forme surolympique. Elle avait un air fatigué et contrarié.

— Coucou Bébé ! Comment ça va ?

— Salut, dit-elle d'une voix menue. T'as l'air de tenir une de ces formes ! Toi au moins, tu fais plaisir à voir.

— Alors, tu t'es décidée ? Metz ou Troyes ?

— De quoi tu parles ? répondit-elle avec un mouvement de recul.

— Ben, quelle école tu choisis ? Metz ou Troyes ?

— Mais tu te fous de ma gueule ou quoi ? cracha-t-elle avec des éclairs dans les yeux. Faut que je te rappelle que je n'ai pas eu d'assez bonnes notes pour décrocher des entretiens ?

— Quoi ? Mais, tu t'en es très bien tirée, tu pouvais même te permettre de choisir entre plusieurs ? Ta mémoire te joue des tours ? lançai-je naïvement.

— Alors là, t'es vraiment qu'un gros con ! Tu ferais mieux de t'occuper de ta mère au lieu de me faire du mal, ça vaudrait mieux !

— Mais Bébé, attends, je ne comprends pas, je…

— Putain, laisse-moi !

Elle partit en pleurs, me laissant hagard. J'avais recouvré une bonne santé, mais là je me sentais largué. Et pourquoi m'avait-elle dit de m'occuper de ma mère ? D'abord le changement de chambre, et maintenant ça ! Je décidai d'y retourner pour en savoir plus.

En passant dans les couloirs, je vis une vieille dame qui regardait les infos de midi. «*Catastrophe humaine au Bangladesh: huit jours après la dramatique coulée de boue qui a causé plus de quarante mille victimes, les secours ne peuvent toujours pas accéder à certaines zones sinistrées. Les populations attendent donc de l'aide et des vivres, mais les forces internationales envoyées sur place sont toujours en difficulté.*»

Que se passait-il ? La semaine précédente, j'avais demandé à Chris d'éviter ce désastre. Et je croyais me rappeler avoir entendu parler d'une catastrophe évitée aux infos.

En arrivant dans ma chambre, je reçus un choc qui m'aurait tué sur place la veille. La dame qui partageait ma chambre, que je n'avais vue que de dos en sortant, me montrait à présent son visage. Celui-ci était bouffi et désespéré. Cette dame était gravement malade, et malheureuse. Cette dame paraissait dormir et pourtant elle était éveillée. Cette dame était sous morphine, car elle souffrait manifestement beaucoup. Cette dame, à sa simple vue, me fit l'effet d'un pieu dans le cœur. Car cette dame, c'était ma mère.

CHAPITRE 18

Je demandai à ma mère comment elle allait. Je ne reçus pas de réponse. En la secouant légèrement, elle n'émit qu'un grognement fatigué. Deux jours auparavant, je l'avais vue inquiète de mon état, mais en forme. Les rôles venaient de s'inverser. J'appelai ma chérie.

— Oui, Bébé, c'est moi, dis-je d'une voix hésitante. Écoute, excuse-moi pour tout à l'heure, mais... J'ai l'impression que je viens de me réveiller après des mois de sommeil. Explique-moi ce qui se passe.

— Mais qu'est-ce qui te prend ? dit-elle sans animosité. Qu'est-ce qui t'a pris de me remettre dans les dents mon échec aux examens ?

— Comme je te dis, je sais plus trop où j'en suis. Qu'est-ce qui s'est passé ?

— Tu ne te souviens pas ? J'ai perdu mon sac à deux jours d'un examen primordial, et j'ai foiré mon année là-dessus.

— Ah oui, c'est vrai, pardonne-moi, je... Pourquoi tu m'as demandé de bien m'occuper de ma mère ? Qu'est-ce qu'elle a ?

— Mais tu planes vraiment ou tu le fais exprès ? Depuis le temps qu'elle boit, et qu'on lui dit d'arrêter. Elle a une cirrhose du foie !

Mon sang se glaça dans mes veines, les fissurant de toute part. Je lâchai le téléphone, sans plus prêter la moindre attention à Mélissa alors que je lui raccrochai au nez. Avant de disparaître pour de bon, Chris avait dit que les conséquences seraient... sans terminer sa phrase. Horribles ? Désastreuses ? C'était encore loin de la vérité. En tout cas, j'avais quitté la maladie pour un tout autre problème, lui aussi de taille. Ce n'était pas seulement Chris qui avait disparu dans cette bouillie noire et infâme, mais aussi tous les bienfaits qu'il avait rendus sous mes ordres.

Il me fallut la journée pour encaisser un tel coup. J'avais obtenu ce que je désirais si ardemment depuis près de deux ans, et pourtant je me trouvais dans une détresse extrême. Tout s'écroulait sous mes pieds. Je vis Coralie, la jeune mère à qui j'avais donné un coup de pouce, avec une mine à faire peur. Elle devait trimer dur pour élever seule son enfant. Son visage était marqué d'une expression de profonde tristesse et faisait peine à voir. Lorsqu'elle ouvrit la porte de la chambre pour en sortir, j'entendis Monsieur Léon qui, hurlant à qui voulait l'entendre, se plaignait une nouvelle fois de la médiocrité des repas qu'on lui servait.

Chris et moi avions œuvré pour un monde meilleur, à échelle réduite mais en donnant de notre personne. Ce maigre bilan s'était maintenant dissout. Le monde idyllique que nous avions commencé à bâtir avait volé en éclats. J'avais choisi d'agir pour moi-même, et pas pour les autres. Juste une fois. Pour une bonne cause. Était-ce si grave ? Et après tout, je courais à une mort certaine, ce qui aurait empêché les autres de bénéficier de mon aide. À moins de tuer d'autres pères, Chris ne pouvait compter que sur moi pour faire le bien. Ce lien du corps et de l'esprit était rompu, j'avais gagné une vie et Chris perdu sa rédemption. J'étais un malade et lui un assassin. Il prônait la justice. J'estime qu'elle a été rendue, pour ce qui le concerne. Le coupable est puni, mais pourquoi me punit-on moi aussi? Chris a tué mon père, c'est pourquoi son côté reptilien l'a rongé lorsque je lui ai demandé de le ramener. Si les remords l'ont envahi comme il l'a prétendu, il a dû ressentir alors une douleur terrible. C'est peut-être par sa douleur qu'il parvenait à atténuer la mienne. Nous fonctionnions en circuit fermé, et j'avais rompu cette belle harmonie.

J'avais passé toute cette soirée à pleurer contre mon oreiller, afin de ne pas réveiller ma mère. Lorsque son sommeil quasi-permanent était troublé, elle émettait des grondements horribles et d'affreux raclements de gorge. Cela me rappelait les chuintements sanguinolents de Chris, et entendre les gargouillis d'agonie de ma mère gisant à mes côtés était une torture peut-être encore plus insoutenable que tout ce que j'avais pu endurer jusque-là. Des milliers d'idées circulèrent dans mon esprit durant cette nuit interminable.

Les deux femmes de ma vie m'avaient soutenu durant toutes les épreuves que j'avais dû traverser à cause de cette foutue maladie. Et aujourd'hui que sonnait le glas de cette implacable infection, elles n'avaient pu m'apporter le réconfort dont j'avais pourtant tant besoin. Ayant longuement considéré la situation, j'avais élaboré une foule d'idées diverses, mais une devint répétitive, ré-currente puis fixe, et enfin obsessionnelle.

CHAPITRE 19

Durant cette journée, personne dans l'hôpital ne parut remarquer mon amélioration pourtant spectaculaire. J'avais passé de longues heures dans le jardin, m'imprégnant de cette douceur qu'on appelle vie et qui m'avait depuis longtemps délaissé. Les médecins et infirmières avaient été bien trop occupés par la situation alarmante de ma mère. Elle allait nous quitter bientôt. Elle irait rejoindre mon père. Elle ressentirait alors sûrement une once de bonheur, la première depuis presque six ans, à la vue de celui qu'elle avait tant chéri et qui lui avait été arraché au nom d'une vengeance mesquine et d'un accident dramatique.

Cette nuit, une infirmière passait toutes les heures pour voir si, comme on dit en langage de médecin pudique, « c'était arrivé. » Ma décision prise, l'infirmière venait de passer. J'avais donc une petite heure devant moi, bien plus qu'il ne m'en fallait.

Afin de ne pas trop me faire entendre en pleine nuit, j'allumai la télé, qui était sur une chaîne de rock classique. Le volume était assez fort pour couvrir de faibles bruissements, et pas assez pour alerter les infirmières. Je préparai mon matériel dans la petite salle de bains, et pris soin d'emporter un souvenir avec moi. En passant devant le lit de ma mère, je ne pus m'empêcher de verser une larme. Les seuls mots qui me vinrent à l'esprit furent « Bonne nuit, Maman, bonne nuit. » Hagard et hésitant, j'eus soudain du mal à marcher, à me tenir debout. Comme si j'allais défaillir. Non, je l'avais déjà fait en finale des championnats de France de tir à l'arc contre ce Yoann. Je n'allais pas refaire cette erreur. Pas maintenant. Pas si près du but. Chris m'incitait en permanence à la sagesse, mais c'était de courage dont il était ici question.

Je pris donc le mien à deux mains, et fermai la porte de la salle de bains derrière moi, sans la verrouiller. Je m'installai sur les toilettes. Avec la glace face à moi, je passais en jugement face à moi-même. J'étais devenu une synthèse entre celui que j'étais encore deux jours auparavant, une sorte de vieillard de vingt-deux ans au physique chétif et émacié, et celui que j'avais été avant tout cela, par mon sourire presque insolent et plein de vie. Mais c'était la fin. Ce sourire n'était qu'un sursis. J'en avais moi-même conscience. Interrogé par ma propre image, je ne pouvais me mentir à moi-même. C'était la fin du voyage, le terminus sur Alban Airlines. Une ultime pensée positive me vint. Je me dis que, dans quelque autre dimension de ce monde, j'avais permis à ma mère de redevenir une personne digne, à des ouvriers nordistes de conserver leur emploi, à ma chérie de connaître la réussite qu'elle méritait, et à des milliers de vies de ne pas être fauchées au Bangladesh. J'avais agi pour les autres, rendu des bénéfices à mes semblables. Quelle qu'ait été la portée de mes actes, je pourrais les présenter pour obtenir ma rédemption lorsque j'aurai rejoint le monde de Chris, ces Limbes peuplées de créatures reptiliennes qui tourmentent les âmes en attente de jugement. Cette idée m'arracha un autre sourire, pendant que je me fixais dans la glace, me demandant à quoi je ressemblerais sous forme de reptile démoniaque.

Je chassai cette image de mon esprit, pour y faire un ultime recensement des souvenirs heureux qui avaient parsemé mon existence. Mon premier vélo offert par mon père, les conneries d'enfance avec Kader, les premières fêtes chez les filles, les années collège puis lycée, l'obtention de mon bac pro de mécanique auto et la fête qui l'avait célébré, la mine radieuse de ma mère lorsqu'elle était devenue sobre.
Je pensai à Kader, à Coralie, à Joëlle... Tous ceux qui m'avaient soutenu, avaient été mes alliés.

Et puis Mélissa. Notre première rencontre, notre voyage en Égypte qui s'était achevé au bout de la rue, nos premiers émois, notre premier baiser à cette boum, la soirée resto magique pour fêter nos deux ans, la première fois qu'on avait fait l'amour, alors que ses parents étaient partis en week-end. Et notre dernier anniversaire, dans ma chambre numéro seize. Ce dîner qu'elle avait improvisé, comme si elle avait alors su qu'il n'y en aurait plus d'autre. Et ce sourire réjoui qu'elle avait arboré quand elle m'avait annoncé qu'elle était acceptée dans deux grandes écoles. Elle aura été la femme de ma vie.

Je n'avais pas de meilleur compliment à lui adresser. La musique, qui n'était jusque-là qu'un fond sonore, me parvint aux oreilles et m'arracha des larmes instantanées. C'était *Take my breath away*, la BO du film *Top Gun*. Le slow sur lequel, pour la première fois, nos lèvres avaient exprimé ce que nos cœurs éprouvaient depuis longtemps. Je pleurai à chaudes larmes, comme si je pouvais encore faire marche arrière. Non, je ne voulais pas, je ne pouvais pas, je ne devais pas. Même si l'une des dernières choses qu'elle m'aurait dites en face était que j'étais un gros con, je ne devais pas me focaliser sur ce genre de détail. Pas plus que sur le fait de lui avoir raccroché au nez. Elle allait en souffrir horriblement, comme elle avait déjà, et pendant si longtemps, partagé ma souffrance, soulagé mon malheur. Ces ultimes paroles importaient finalement peu. Seuls les bons souvenirs échappent à l'érosion des années. Ça en prendrait, des années. Une fois là-bas, j'irais retrouver mon père, puis je demanderais à Chris comment rendre visite à ma chérie. Au début, elle fondrait en larmes lors de mes venues, puis s'habituerait à ma silhouette émaciée et à mon aura légèrement bleutée.

Il était temps. Ce n'est pas la chute qui prend le plus de temps lorsqu'on choisit de se jeter d'une falaise. C'est le temps que l'on met pour saisir le bon moment, où l'on revoit sa vie défiler, comme un film que l'on accélère pour connaître plus vite la fin.

La fin, elle, était imminente. J'avais décidé de ne pas laisser de lettre. Je visiterais Mélissa une fois la porte des ombres franchie. Elle serait ma lumière dans la plaine des ténèbres. Comme Orphée a son Eurydice, je descendrais aux Enfers sûr de l'amour qui m'est porté. Je ne marcherais jamais seul.

Cette pensée me donna le déclic, le supplément de force nécessaire pour enjamber cette falaise.

J'ouvris donc ma trousse de toilette, et heurtai la serviette accrochée au mur. Celle-ci tomba, révélant son contenu. Cette photo avait du être déposée là dans les moments d'errement de ma mère, comme j'avais retrouvé le journal de Chris dans mon armoire, entre deux pulls.

C'était la photo qui représentait mes parents, tous les deux adossés à un immense bloc de pierre, leurs visages juvéniles narguant le monde entier, comme pour dire « regardez-nous, nous sommes jeunes, nous sommes beaux, nous nous aimons et il ne nous arrivera jamais rien. » S'ils avaient alors su. Mon père décédé, ma mère à l'agonie, et moi me préparant à les rejoindre. Comment avait-on pu en arriver là ? Non, ne me parlez pas de justice. Elle n'existe pas.

Je serrai cette photo entre mes mains, pleurant si fort que j'avais l'impression que l'on arrachait les sentiments directement de mon cœur. Il ne me restait plus que cela, d'ailleurs dans quelque temps je deviendrais moi aussi un souvenir. Uniquement présent dans le cœur de ceux pour qui j'ai compté. De nombreuses religions se sont efforcées de concevoir la mort et ses suites, mais quoi de plus beau que de perdurer dans le cœur de vos proches ? Cela vaut toutes les bénédictions du monde...

Me lançant enfin, je brandis mon rasoir de la main gauche, et l'abattis vivement sur mon poignet droit, entaillant ainsi toutes les veines qui s'y trouvaient. Un large flot de sang écarlate jaillit de mon poignet meurtri, et j'en profitai pour saisir le rasoir et infliger la même blessure à mon bras gauche. J'avais procédé dans cet ordre car j'étais droitier. Il était plus facile de manier une lame avec un poignet en sang si c'était ma bonne main. De toute façon, la douleur du premier coup de lame m'avait plongé dans un état second.

C'était désormais deux cascades de liquide vermeil qui maculaient la cuvette des toilettes et le carrelage qui l'entourait. Leur débit était très fort, ce qui me laissait peu de temps à vivre. J'allais quitter ce monde pour de bon, je le réalisai alors seulement. J'eus une pensée heureuse pour mon père, qui bientôt pourrait serrer son fils et sa femme dans ses bras. Mon frère Maxime était encore une fois retenu par son travail, mais il nous rejoindrait. Un jour. Il avait le temps. Nous serions trois à veiller sur lui, à préparer un foyer pour l'accueillir. On peut reprocher beaucoup de choses à la mort, mais elle a le mérite de réunir vraiment les familles, quand la vie œuvre le plus souvent à les séparer. Quitter ses descendants, c'est rejoindre ses ancêtres. La mort était peut-être heureuse, après tout. Je serais bientôt fixé. Peut-être déjà gagné par l'inconscience, j'eus l'impression que d'autres pleurs faisaient écho aux miens, comme lorsque j'avais déjà sombré en larmes devant cette photo, un soir de grande peine dans ma chambre numéro seize.

Une ultime pensée me vint, triste celle-ci. Ma chérie serait effondrée. Elle se retrouverait seule. Pleurant abondamment sur la photo de mes parents, je redoublai de sanglots. Je rechantai, en murmurant presque «*Alban, Melissa tu chériras…*». Je ne pus réciter le second vers, mes forces m'abandonnant peu à peu. Me sentant défaillir, je choisis de l'écrire. Je consentis un effort alors surhumain pour lever mon bras droit puis maculer de sang le mur de la salle de bains. Je gribouillai «Mél…. …vec …ban… ten… ment..». Penser à elle durant cet ultime et douloureux sursaut m'évita presque de ressentir une quelconque douleur physique. Sans doute, du haut de mes vingt-deux ans, avais-je déjà tant souffert, physiquement ou moralement, que je m'étais peu à peu immunisé. « Mithridatisé », vous diront les spécialistes.
Je m'effondrai avant de signer le dernier des trois points de suspension, comme si ma vie devait jusqu'au bout conserver un goût d'inachevé. Durant toutes ces minutes, longues et courtes à la fois, j'avais serré la photo de mes parents dans ma main gauche, celle du cœur, comme si j'avais déjà voulu les étreindre avant même de les retrouver. Mais ce n'était désormais plus qu'une question de secondes. Ou bien d'années-lumière.

Juste avant de m'effondrer, j'entendis un dernier son: la télé diffusait un live des Doors, cette chanson si fameuse et si adaptée à la situation. J'eus, au moment de basculer pour de bon dans les ténèbres, une vision : la salle de bains était entourée de sable fin, sous un soleil de plomb. J'étais en Egypte, au pied de la pyramide de Gizeh, et Jim Morrison était spécialement venu pour chanter la bande originale de mes adieux.

This is the end…
This is the end…
My only friend…
The end…

CHAPITRE 20

Il fait gris aujourd'hui. Le temps n'est pas à la fête. L'humeur des gens près de moi est plus morose encore que ce climat ingrat. Nous assistons à un double enterrement. Devant les deux cercueils, deux jeunes gens à peine sortis de l'adolescence se dressent, littéralement anéantis par un destin faucheur et impitoyable. Une jolie fille aux yeux verts, rougis de larmes depuis la découverte de son copain dans une salle de bains d'hôpital, les veines tranchées par son rasoir. Les gens disent qu'il s'est suicidé à cause de la mort de sa mère, survenue la même nuit, et qu'il ne supportait plus tant de malheur après la tragique disparition de son père il y a cinq ans. S'incline également devant l'inhumation des cercueils un jeune homme soigné, que l'on dit agent d'assurances à Reims. C'est sa mère et son frère que l'on met en terre devant lui. Le trou béant où on glisse les deux corps est semblable à celui qui transperce aujourd'hui son cœur. Il est le dernier survivant de sa famille, particulièrement éprouvée mais finalement une parmi d'autres.

J'imagine qu'il y a des gens qui naissent avec la tragédie dans le sang.

En venant, j'ai entendu qu'un accident avait eu lieu en ville, il y a moins de deux heures, rue de Metz. La maison de Louis Rocher, conseiller régional et patron d'une entreprise de charpenterie, a explosé subitement. Par chance, il s'était rendu à l'entraînement de son fils Yoann, multiple champion de France de tir à l'arc. Certains parlent de complot politique. Décidément, les gens aiment se conforter dans des idées fausses. Je sais très bien que les raisons sont tout autres, comme pour le suicide du jeune Alban Meurisse. J'assiste à ces funérailles empli d'une profonde tristesse. Là aussi, les causes ne sont pas celles que l'on croit. Je ne pleure pas à proprement parler la mort d'Alban, mais plutôt la fin de l'entreprise mystique qui lui avait été dévolue. Il aurait pu faire infiniment plus de

bien autour de lui, il aurait même pu changer la face du monde. Le monde ignore quel gâchis se joue en ce jour.
Tout cela est bien triste…
Non, maintenant, j'en suis sûr…
Et même convaincu…
Non, décidément j'ai cherché durant toutes mes vies la justice…
Mais elle n'existe pas…
Non, elle n'existe pas…

Mon nom est Chris. C'était le nom de mon père et de sson père avant lui.

Avant d'aller butiner un autre livre, n'hésitez pas à me contacter:

- sur Facebook: Jerem Ferrei-mar
- sur Amazon:
- par mail: ferreiramartinslpvauban@gmail.com

Ce sera un plaisir d'échanger avec vous.

BOOKS BY THIS AUTHOR

Elven

« Il porte une grande faux et emporte les vivants au pays des ombres. »

Bruno Pelletier est un instituteur idéaliste qui a choisi de débuter sa carrière en formant les enfants d'Elven. Ce jeune bourguignon ne croit pas aux histoires sur l'Ankou, personnage représentant la mort dans le folklore celtique. Pourtant, la Bretagne de 1875 est encore attachée à ses légendes teintées de christianisme et de sorcellerie.

La multiplication des victimes de l'Ankou inquiète les villageois. La communauté ignore qu'en son sein sévit une autre sorte d'assassins, dont les origines remontent au Moyen-Âge...

Trajectoires Croisees

1917 : un soldat passe au peloton d'exécution pour appel à la mutinerie.

1943 : un employé de la Kommandantur choisit de rejoindre la Résistance.

Les crimes qu'on pensait oubliés, les amours perdues et les rancœurs anciennes trouvent parfois un écho à travers les âges. Quatre personnages pris dans la tourmente des Guerres Mondiales et des conflits intimes se brisent et se reconstruisent dans une fresque s'étalant sur un siècle. Entre héroïsme et lâchetés, ils sont les jouets du destin sur plusieurs générations.

« À force de creuser le passé, c'est soi-même qu'on enterre. »